KB126857

평범한 10대들의 학급 문집 속
삐뚤빼뚤 성장기

평범한 10대들의 학급 문집 속 삐뚤빼뚤 성장기

오늘도 흔들흔들

초판 1쇄 발행 • 2017년 10월 20일

펴낸이 • 강일우
편집 • 엄일남 김은주
조판 • 이주니
펴낸 곳 • (주)창비교육
등록 • 2014년 6월 20일 제2014-000183호
주소 • 04004 서울특별시 마포구 월드컵로12길 7
전화 • 1833-7247
팩스 • 영업 070-4838-4938 / 편집 02-6949-0953
홈페이지 • www.changbiedu.com
전자우편 • textbook@changbi.com

ⓒ (주)창비교육 2017
ISBN 979-11-86367-74-2 43800

평범한 10대들의 학급 문집 속
삐뚤빼뚤 성장기

오늘도
흔들흔들

정희성 박수용 조갑래
조선미 최재봉 엮음

창비
교육

엮은이의 말

　매체의 발달로 많은 것을 글로 공유하고, 글로 말하는 시대가 되었습니다. 조금은 가벼워진 작문 환경이 마련되면서, 더 많은 사람이 자신의 말을 쉽게 풀어내는 사회가 된 것입니다. 가벼운 우스개 농담부터 진지하고 권위적인 글까지 다양한 글이 범람하기 시작했습니다.

　그렇다면 우리가 글을 쓰는 진짜 이유는 무엇일까요? 아마도 누군가 자신의 글을 읽고 공감하며 감동하길 바라서가 아닐까요? 그래서인지 우리는 종종 읽는 사람을 의식한 나머지 자기 생각이 아닌 것을 자신의 것인 '척'하느라 정작 나다운 글을 쓰지 못합니다. 자기다움이 없는 글은 기대를 하고 글을 읽기 시작한 독자에게 실망을 안겨 주기 쉽습니다.

　하지만 학급 문집에 실린 많은 글 속에서는 단순히 어른의 목소리를 따라 읊는 수준이 아닌 그 이상의 목소리를 만날 수 있었습니다. 학급 문집 안에 진짜 자기다움을 담아내려는 청소년들이 적지 않다는 것을 느낄 수 있었습니다. 그러한 청소년들의 목소리가 점차 성장하고 다양해지리라는 기대도 해 봅니다.

『오늘도 흔들흔들』은 창비와 한겨레 신문이 주관한 '우리 반 학급 문집 만들기' 캠페인을 통해 제작한 학급 문집을 대상으로 작품을 선정하였습니다. 먼저 예심을 맡으신 현장 선생님들께서 1,000편가량의 작품을 우선 선정해 주셨습니다. 엮은이들은 예심을 통과한 이 작품들을 읽으며 고민에 빠졌습니다. 자신의 이야기를 솔직하게 그려 내는 청소년들의 글은 어떤 기준으로든 우열을 가릴 수 없다는 생각이 들었습니다. 읽는 자체로 즐겁고 행복했습니다. 그래서 혹여 이 책에 실리지 못했더라도 실망할 필요는 없습니다.

신기하게도 개성 넘치는 청소년들의 글 속에는 공통분모가 참 많았습니다. 진로, 학업, 친구, 학교, 가족, 그리고 우리 사회를 이야기하는 그 글 안에는 상반된 마음이 함께 담겨 있었습니다. 진로에 대한 고민·불안은 의지·확신과 짝을 이뤘고, 학업은 시험의 부담과 성취로, 친구는 외로움과 든든함으로, 학교는 멀고도 가까운 곳으로, 가족은 결핍과 따스함으로, 그리고 우리 사회는 걱정과 기대로 청소년들의 가슴에서 무성한 창작의 숲으로 자라고 있었습니다.

학급 문집에 실린 글을 읽으며 요즘 청소년들의 고민도 엿볼 수 있었습니다. 많은 청소년이 고단한 학업과 열악한 취업 현실 속에서, 더불어 사는 사회를 위한 가치관과 달콤한 이기심 사이에서 서성이고 있었습니다. 청소년들이 학급 문집에 수록된 글에서 내는 숱한 자기반성의 목소리를 듣고 있다 보면, 그들이 참 많이 성숙했음을 느끼게 됩니다. 기성세대가 부끄러워질 만큼 훨씬 더 냉철하게 자신의 삶을 반추하고 있었던 것입니다. 이는 엮은이들에게 감동과 교훈을 주기에 충분했습니다.

작품을 선정하고 이 책을 출판하기 위해 저자인 학생들의 동의를 구하는 과정에서 들었던 학생들의 들뜬 목소리는 그간의 수고를 잊게 했습니다. 가슴 쓰린 일이지만 일부 표절 작품을 확인하게 되어 제외한 경우도 있었습니다. 바르지 않은 선택은 바른 잣대를 만나 '자신 없는 글'로 제외되었고, 나다움이 있는 '자신 있는 글'은 세상에 어엿한 출판물로 빛을 보게 된다는 점, 다시 한번 깊은 깨달음을 얻는 순간입니다.

전국 중고등학교에서 만든 388종의 문집, 자신의 삶을 녹이고, 우정과 감동을 공유해 준 학생들의 꿈을 응원하며 고마운 마음을 전합니다. 또한 귀한 재능으로 예심과 본심 선정 과정에 도움을 주신 여러 선생님들께도 감사의 마음을 전합니다.

자기다움을 드러내며 솜씨를 발휘한 청소년들의 글은 당장은 옆의 친구를 이해하는 계기가 되고, 아직 청소년기를 앞둔 동생들에게는 미리 보는 청소년기가, 현장 교사들에게는 좀 더 다양한 학생들과의 소통 창구가, 부모에게는 자녀를 비춰 보고 알아 가는 통로가 될 것입니다. 『오늘도 흔들흔들』이 다양한 역할을 맡아 내 방에서, 우리 교실에서, 누구에게나 열려 있는 도서관에서, 우리들의 손때가 묻고, 웃음이 깃들며, 주변의 고민을 안아 줄 수 있길 바랍니다.

자, 이제 재치 발랄하게 일상이 녹아든 우리 청소년들의 이야기 속으로 풍덩 뛰어 들어가 봅시다!

2017년 10월
엮은이 일동

차
례

1부 거북이들 중에 제일 빠른 거북이_생각 · 사물

2부 왠지 모르게 정이 간다 _가족·일상

삐뚤삐뚤＋

3부 짜릿해_학교·친구

4부 그녀는 하얀 동백이 되었네_사회 · 비평

거북이가 제일 느릴 것 같지?
하지만 나는 거북이들 중에 제일 빠른 거북이야.

−경기 남양주 진건중 박다현, 「거북이」에서

1

거북이들 중에
제일 빠른 거북이

생각·사물

가방

부산 다송중 이지성

내 가방은 언제나
꽉 차 있다.

하지만 언제나
책은 없다.

이어폰 대전지족중 이소민

맨날 가방 속에
엉켜 있는 귀찮은 아이

보고 싶을 때는
나와 숨바꼭질하는 장난꾸러기 아이

다른 친구 데려오면
약 올리듯이 나타나는 못된 아이

그래도 항상 이야기를
들려주는 고마운 아이

댄스파티 서울 신월중 김수영

오늘도   버스는
흔들흔들   흔들흔들
신나게   춤을 춘다

타고 있는   사람들은
이리저리   신명 나게
호랑나비   춤을 춘다

빨간 얼굴   아저씨는
리듬에   취해서
소리를   꽥꽥

철판 깐   아줌마는
춤추다   지쳤다고
대자로   벌러덩

오늘도   나는
이리저리   현란하게
실력을   뽐낸다

'행'복'한' 'ㅎ'
-'ㅎ' 탈락으로 시 쓰기   경기 의정부고 양의빈

나는 'ㅎ'입니다.
나를 만든 사람이 참 미웠어요.

나는 왜 다른 자음 친구들보다 깊숙하고 외로운 곳에서 행동하고
나는 왜 모음 형님들과 같이 있으면
내 자리를 빼앗기고 조용히 집에 가야 하는 건지…….

하지만 이제 깨달았어요.
나를 만든 사람이
나를 만든 이유를.

'ㄱ, ㄷ, ㅂ, ㅅ, ㅈ'이 5명의 동역자가
내 옆에서 나를 더 빛내 준다는 것을.
사람들이 밝게 웃을 때 언제나 'ㅎ'으로

내가 함께할 수 있다는 것을.

나는 알고 보면 다른 자음 친구들, 모음 형님들보다
더 특별하게 만들어진 'ㅎ'인 것 같아서
이제는 너무 '행'복'해'요. ㅎㅎ

A or B
경기 수원 매탄중 김기돈

엄마랑 아빠
엄마를 택하니 용돈이 줄고
아빠를 택하니 반찬이 준다.

양념치킨과 프라이드치킨
양념을 택하니 바삭함이 없고
프라이드를 택하니 매콤함이 없다.

동성 친구와 이성 친구
이성 친구?
아, 난 선택권이 없구나.
사랑한다, 친구야!

시

전북 정읍고 임태진

시를 써야 하는데
어떻게 써야 할지 모르겠다.
그냥 접을까 하다가
맘잡고 다시 쓰려 펜을 드는데
시험 결과 확인하란다.
망친 시험 결과 확인하고
다시 펜을 잡는데
이동 수업 한단다.
수업 끝나고 돌아와
다시 펜을 잡는다.
근데 오늘 수업 끝났단다.
결국 결론은
시 쓰기는 내일부터!

꿈

대구 운암고 신지민

꿈을 꿨다
변기에 똥이 넘치는 꿈이었다
검색해 보니 좋은 꿈이랬다
다 뻥이다

꿈을 꿨다
내가 벌레를 퍼먹는 꿈이었다
검색해 보니 좋은 꿈이랬다
다 뻥이다

꿈을 꿨다
내가 '아이콘'과 노는 꿈이었다
검색해 보니 개꿈이랬다
그래도 좋다

남이 좋다 하는 꿈보다
내가 좋아하는 꿈을 꿀 거다
그게 더 행복하다
메롱

수줍은 민들레 전남 목포항도여중 박서현

야, 너 왜 수줍게 고개 내리고 있어
고백받았니?
아무 대답 없는 너

누구에게 밟힌 건지
피곤해서 쉬는 건지
엄마한테 혼났는지
남자에게 설렜는지
여전히 수줍어하는 너

무거운 너를 힘겹게 올려놔 주지만
곧 힘없이 피-익 쓰러진다

아무래도 고백의 충격이 큰 게 분명해

거북이
경기 남양주 진건중 박다현

거북이가 제일 느릴 것 같지?
하지만 나는
거북이들 중에 제일 빠른 거북이야.

요즘 빠르게 가는 것이 대세지?
하지만 우리는 빨리 가는 게 아닌
정확하게 가는 것이 목표라고.

그 어리석은 토끼는 빨리 가느라
자기가 어디를 가고 있는지 몰랐지.
하지만 나는 그런 거 상관 안 해.
결국엔 내가 이길 테니까.

가로등
경기 구리여고 최보배

사람들의 무관심도
괜찮아요

몸에 붙은 전단지도
괜찮아요

행인의 발길질도
괜찮아요

가끔은 어둡고
때로는 추워서
'부르르'
떨릴 때도 있지만

사람들을 쫓아다니며

환하게 비춰 주면
더 환하게 웃는 사람들……

그래서 조금은
아파도 괜찮거든요

정(情) 서울 아시아퍼시픽국제외국인학교 김준현

마음 심 변에 맑을 청이라 써
정이라 읽는다

마음이 어두워져
마음이 차가워져
꼬인 실타래처럼 아무것도 할 수 없을 때

무심히 전해져 온 정은
마음을 맑게 만든다

흘러내린 눈물이
차가워진 마음속에서
꽁꽁 얼어 버려도

따뜻하게 다가온 정이

언 마음 녹여 낸다

녹은 눈물 흘러내려
누군가의 마음을 향해 갈 때
내일을 살아갈 양분이 된다

애벌레에서 나비   경기 양주 삼숭중 위지원

우리는 번데기다.
애벌레에서 이제 막 번데기가 되었다.

나비들은 우리를 두고 이렇게들 말한다.
예민하고 가끔은 고독한 시기라고.

애벌레들 역시 걱정한다.
우리도 번데기가 되면
까칠해지나?

하지만 사실은 다르다.
번데기들은 같이 웃고 활발하다.
다른 사람들의 착각과는 다르다.

우리는 우리가 원하는 대로

나비가 되고 싶어 한다.

다른 사람들이
마음고생이 심할 거라고 힘들 거라고 해도
미래가 지금 우리의 성적에 묶여 있다고 해도

우리는 행복하다.

미소 광주동신여고 배소희

갈 곳 없이 걷다가
지난밤 남아 있는 익숙한 체온으로
돌아오는 길이었어요.

"나 여기 있어요."
어디선가 샛노란 소리가 들려왔어요.
계속 소리가 들려왔어요.

아무에게도 주지 말아요.
아무에게도 주지 말아요, 당신의 미소.
나 여기 있어요.
당신이 그리운 곳, 당신이 돌아가는 곳,
거기에 나 있어요.
당신의 미소, 아무에게도 주지 말아요.

차가운 바람에 드러난 상처는
잠시 따뜻한 바람에 묻히겠지만,
묻히지 못한 상처는 다시 세상에 씨앗으로 남아 있다가
내년이면 어김없이 피어날 것입니다.

아무도 주지 말아요. 나 여기 있어요.
아무도 주지 말아요.
나는 샛노랗게 피어나
언제까지나 당신을 기다릴 거예요.
당신의 미소를.

심우장에서 경기 김포제일고 한혜원

무더운 여름날 나를 반겨 주는 건 성난 해님뿐
고달픈 내 몸이 마음에 없는지
이놈의 심장은 마냥 설렌다.

한참을 걷다 보니 저 멀리서
경 읽는 소리
성난 가슴에 물을 뿌린다.

침묵한 가운데 잎사귀만이
바람과 함께 재잘재잘

한참을 걷다 보니 저 앞에서
담쟁이가 손을 흔들어 주고
나도 따라 손을 흔든다.

계단을 올라가다 보면 곳곳에
그 손길이 넘쳐 나
가슴 울리는가.

생전에 살던 그곳에
가만히
걸터앉아 앞을 보니
온 세상이 한눈에 담긴다.

바람은 나와 장난치고 싶은지
내 귓가를 간질이고

내가 지금 앉아 있는 곳은
1946년, 어느 여름.

꽃잎을 따라 걷다 서울 진관고 정하늘

봄과 마지막 인사를 하고
다시 돌아가 본다
그 꽃잎마다 향기마다

짧았던 봄에 나는 무얼 했는가
봉오리가 맺히고 꽃이 피는 것을 몰랐는가

왜 지는 꽃잎을 보며 아쉬워하는지
왜 그 위를 밟다가 미안해하는지
왜 물든 향기에 눈물 나는지

돌아오는 봄은
내가 먼저 반겨 주겠다고
꽃잎을 따라 걷다 인사한다

낙엽

경남 진주 공군항공과학고 강호중

아플 것을 알지만
그래야만 하기에

제 몸의 수십 배 되는
나무 아래로

낙엽에게서 용기를 배운다

초승달 대전 우송고 김규리

푸른빛 비단 밤하늘
예쁘다고 쓰다듬다가
실수로 손톱으로 찍어 버렸네

이걸 어쩌면 좋아

우주를 사랑한 시간 인천보건고 이소영

광범위한 너를 알아 가기에는
내가 너무 어렸다

수많은 행성을 품은 너를 알아 가기에는
내 그릇이 너무 작았다

어둠 속 빛을 가진 너를 사랑하기에는
너를 빨아들일 블랙홀조차도 없었다

어두운 밤
문득 하늘을 올려다보면
네가 더 잘 보여서
잠을 이룰 수가 없더라

밤이 가고 새벽 공기가 입에 스치면
우주, 너의 이름을 속삭인다

마음   서울사대부설중 박건웅

사람의 마음은 자연이다.

화가 날 때면
태풍처럼 몰아치다가도
눈처럼 차가워진다.

슬플 때면
홍수처럼 울다가
산사태처럼 무너져 내리기도 한다.

하지만
나쁜 일이 있으면 좋은 일도 있듯이
따뜻한 햇볕과 시원한 바람이
활기차게
뛰어다니는 날도 있을 것이다.

노인과 벚꽃 전남 구례고 조혜원

섬진강 물 홀짝이며 피어나는 흰 벚꽃
그리고 노인의 봄도 함께 시작되었어.

노인은 그 순백의 벚나무가 좋아서
벚꽃이 져 버리기 전에 벚꽃과 더 함께 지냈어.

까만 긴 생머리의 여자아이가
흰 벚꽃을 바라보다 물었어.
할머니, 심심하지 않으세요?

백발의 할머니는 닳아 버려 못나진 손바닥 위에
흰 벚꽃을 올려 아이에게 보여 줬어.
이렇게 예뻐서 하나도 심심하지가 않구나.

그러자 아이가 말했어.

하얗기만 하고 향기도 안 나고 꽃도 심심해 보이는 걸요!

아이는 뒤돌아 도망갔지만
노인은 꽃과 아이가 비슷하다고 생각했어.

그 이후 벚꽃이 피고 지기를 반복하고
벚나무에 꽃잎이 하나둘 다시 살아나기 시작하였을 때
노인은 벚꽃을 보러 밖에 나오질 못했어.

얼마 후 까만 긴 생머리의 여자아이가
할머니의 집으로 찾아왔어.

아이는 자신의 하얗고 고운 손바닥 위에
흰 벚꽃을 올려두고 눈물을 흘리며 말했어.

할머니, 하얗고 순수하게 빛나는 벚꽃을 보세요.
이 벚꽃, 할머니와 꼭 닮은 것 같아요.
그런데 꽃이 다 져 버리면…… 져 버리면…….

아이의 말을 듣던 노인이 한참을 생각하다 말했어.

아가, 봄은 천천히 다가오고
섬진강 물은 똑같이 흐르면서 꽃을 피운단다.

그렇게 피운 꽃도 언젠가는 지기 마련이지.
당연한 거 아니겠니?

그렇게 봄은 다시 시작되었지만
서로를 사랑했던 나무와 노인의 이야기는
끝이 나 버렸어.

하지만 이제 서로를 사랑하는 나무와 아이의 이야기가
시작되려고 해.

한번 내 얘기를 들어 보겠니, 아가?

나의 16년을
담은 자서전

충북 청주 율량중 이홍규

산수유꽃

엄마는 산수유꽃이 필 때마다 내 생일이 온다는 것을 알려 주셨다. 엄마가 나를 출산하고 산부인과에서 나오셨을 때 그 옆에는 산수유꽃이 활짝 피어 있었다고 한다. 그 덕에 나는 산수유꽃으로 생일이 온다는 것을 깨닫기도 한다. 엄마가 나를 가지셨을 때 꿈에서 친구와 길을 걷다가 아주 큰 무를 발견하셨다고 한다. 꿈속에서 엄마는 무를 뽑아 집으로 돌아왔고, 다음 해 봄 나를 출산하셨다.

병아리

내가 어렸을 때, 엄마와 아빠는 맞벌이하셔서 할머니께서 나와 동생을 돌봐 주셨다. 잘 기억나지는 않지만 할머니께서는 바쁜 엄마 대신 유치원 행사에도 참여하시고, 날 씻기고, 먹이고, 재우기도 하셨다. 내가 노란색 유치원 체육복을 입었을 때 할머니께서는 날 병아리 같다고 하셨다. 그때는 단순히 노란색이라 그런 줄 알았지만, 지금 생각해 보니 손이 많이 가서 그런 것 같다.

안경잡이

초등학교 입학! 역시 할머니께서 같이 가 주셨다. 1학년 때 나는 처음 만난 한 친구와 친하게 지냈는데, 그 친구와는 주로 게임을 하며 놀았다. 시간이 지나면서 그 친구, 그리고 새로 사귄 다른 친구들과도 게임을 하며 놀다 내 시력은 점점 떨어졌다. 덕분에 친구들에게 얻은 내 별명은 '안경잡이'였다. 또 내 게임 실력을 평가하며 '트롤'이라고 놀리기도 했다.

범생이

시간이 흘러 난 전학을 가게 되었는데, 친구들과 헤어지면서 성격이 소극적으로 변했다. 그런 나를 전학 간 학교의 친구들은 '범생이' 같다고 했다. 그러다 중학교에 입학하게 되었는데 첫날 교실에 들어가 보니 아는 얼굴이 없었다. 티끌 모아 태산이라고 나는 한 명 한 명과 친해졌고 이제는 많은 친구들을 얻게 되었다.

앞으로의 계획

중학교에 들어와 공부하다 보니, 나의 진로에 대하여 생각하게 되었다. 나는 어렸을 때부터 피부가 좋지 않아 '살에 닿지 않는 옷이 있었으면.' 하는 생각을 하곤 했다. 그래서 나는 이런 소재를 연구하는 신소재 공학에 흥미가 생겼고, 그쪽으로 꿈을 펼치기 위해 공부하고 있다. 가끔 힘들 때도 있지만 "인내는 쓰고 열매는 달다."라는 루소의 말을 생각하며 열심히 준비하고 있다. 또 하나의 꿈은 시골에 집을 짓고 가족들과 조용히 사는 것이다. 나는 노년에 가족들과 함께 오순도순 살고 싶다.

조시계문[*] 강원 원주금융회계고 김건휘

    유세차 모년 모월 모일에, 학생 김씨는 두어 자 글로써 시계에 게 고하노니, 인간 남자의 손목의 가운데 중요한 것이 시계이로 되, 세상 사람이 귀히 여기는 것은 남자의 자존심인 바이로다. 이 시계는 한낱 작은 물건이나, 이렇듯이 슬퍼함은 나의 정회가 남 과 다름이라. 오호 통재라. 아깝고 불쌍하다. 너를 얻어 손목에 지닌 지 우금 십이 개월이라. 어이 인정이 그렇지 아니하리오. 슬 프다. 눈물을 잠깐 거두고 심신을 겨우 진정하여, 너의 행장과 나 의 회포를 총총히 적어 영결하노라.

    연전에 우리 아버지께옵서 아들이 시계가 필요하다는 말을 듣 고, 인터넷 쇼핑을 하신 후에, 시계 하나를 주시거늘, 친구에게도 보내지 아니하고, 가족에게도 주지 않고, 오직 나의 손목에만 익 히고 익히어 지금까지 해포 되었더니, 슬프다, 연분이 비상하여, 너에게 무수히 많은 흠집이 나고 닳았으되, 오직 너 하나를 연구 히 차고 다니니, 비록 무심한 물건이나 어찌 사랑스럽고 미혹하

[*]이 글은 조선 순조 때 유씨(俞氏) 부인이 지은 국문 수필 「조침문」을 패러디한 작품입니다.

지 아니하리오. 아깝고 불쌍하며, 또한 섭섭하도다.

나의 신세 박명하여 주변에 여자 없고, 인명이 흉완하여 오래 살 팔자이며, 가산이 빈궁하여 공부와 옷에 관심을 붙여, 널로 하여 생애를 도움이 적지 아니하더니, 오늘날 너를 영결하니, 오호 통재라, 이는 귀신이 시기하고 하늘이 미워하심이로다.

재작년 시월 말 오시에, 밝은 운동장 아래서 시계를 풀어 겉옷과 함께 두고 축구를 즐기다, 무심중간에 잘 있는지 확인하러 가 보니 없어져 있어 깜짝 놀라와라. 아야 아야 손목시계여, 사라져 버렸구나. 정신이 아득하고 혼백이 산란하여, 마음이 퉁 하고 떨어져 내리는 듯, 머리에 두통이 밀려오는 듯, 이윽토록 기색혼절하였다가 겨우 정신을 차려, 찾아보고 돌아다녀 본들 속절없고 하릴없다. 친구를 동원해 찾으려 해도 결국 찾지 못하였네. 아무리 친구에게 화를 낸들 어찌 찾아낼손가. 한 팔을 베어 낸 듯, 한 다리를 베어 낸 듯, 아깝다 손목시계여, 손목을 만져 보니, 차여 있던 자리 없네. 오호 통재라, 내 삼가지 못한 탓이로다.

무죄한 너를 마치니, 백인이 유아이사라, 누구를 탓하며 누구를 원망하리오. 정확한 시간과 우수한 착용감을 나의 힘으로 어찌 다시 바라리오. 보고 좋았던 외형은 눈앞에 아른거리고, 특별한 재질은 심회가 삭막하다. 네 비록 물건이나 무심하지 아니하면, 후세에 다시 만나 평생 동거지정을 다시 이어, 백년고락과 일

시생사를 한 가지로 하기를 바라노라. 내 비록 새 시계를 장만하였지마는, 나는 아직도 너를 잃어 버린 것을 후회하고 있다. 오호 애재라, 손목시계여.

괜찮다 <small>서울 신화중 배수아</small>

누구에게나 아픔은 있다. 작든 크든, 신체적이든 정신적이든. 나에게는 신체적 아픔(정확히는 신체적 결함으로 인한 정신적 아픔이 맞을 것이다.)이 있다. 나는 한쪽 귀가 거의 들리지 않을뿐더러 나머지 한쪽 귀의 정확성도 떨어진다. 일상생활에 아주 큰 문제가 있을 만큼은 아니지만 불편한 건 사실이다. 소리가 나는 방향도 알 수 없고, 작은 말소리를 들을 때에도 두세 번씩 다시 물어봐야 알 수 있다. 아니, 물어봐도 알지 못할 때가 더 많다. 이는 내가 대화 내용을 듣지 못해도 고개를 끄덕이는 습관을 지니게 했다. 선천적인지, 후천적인지는 모르겠지만 내가 기억하는 한 계속 그랬기 때문에 나는 모든 사람이 다 한쪽 귀만 들리는 줄 알았다. '나는 오른손잡이니까 오른쪽 귀만 들리는 것일 거야.' 이게 내 신체적 결함이 만들어 낸 나의 상식이었다.

내가 이 상식이 잘못됐다는 것을 알게 된 것도 얼마 되지 않았다. 그리고 이를 엄마가 알게 된 것 또한 얼마 되지 않았다. 나는 내가 처음 엄마에게 "나는 오른손잡이니깐 오른쪽 귀만 들리지."

라고 말하는 순간까지도 엄마가 그것을 모를 거라고 생각하지 않았다. 지금까지, 내 삶에서, 당연했던 상식이니까. 듣고 놀라서 이것저것 물어보는 엄마를 보고 그제야 내 상식이 잘못된 것이고, 내 귀 또한 잘못된 것이라는 것을 깨달았다.

대수롭지 않게 친구들에게 이 이야기를 할 때마다 나는 동정을 받았다. 조금만 지나도 잊어버릴 싸구려 동정을 받으며 나는 너무나도 억울했다. 이렇게 많은 사람 중에 왜 하필 나만. 심지어 내 쌍둥이도 멀쩡한데. 이건 내 잘못이 아닌데. 내가 몇천 원 하는 이어폰조차 쓰지 못하고 몇만 원짜리 이어폰을 잃어버려 쩔쩔맬 때에도, 길을 잃어버린 나를 엄마가 부르고 있음에도 그 방향이 어딘지 몰라 두리번거릴 때에도, 두 귀가 다 들리는 느낌이 무엇인지도 모를 때에도, 지금 내게 어설픈 동정 따위를 하고 있는 이 사람들은 걱정 없이 몇천 원짜리 이어폰을 쓰고 소리가 나는 방향을 찾고 '나머지 한쪽 귀마저 들리지 않으면 나는 귀머거리가 되겠구나. 이 아름다운 노랫가락들을, 지저귀는 새소리, 나뭇잎을 스치는 바람 소리, 심지어 모깃소리조차도 들을 수 없겠구나.' 하는 걱정 없이 살았을 것이다. 사람들은 긍정적으로 생각하라고 하지만 정작 그들을 보면 긍정적으로 생각할 만한 단점도 없는 것처럼 보였다. 그리고 이 이야기를 대수롭지 않게 얘기하는 게 너무 힘듦에도, 몇 년이 지나도 익숙해지지 않는 이 귀가 정말 원망스러움에도, 쌍둥이임에도 두 귀 모두 들리는 건강한 내 쌍둥이가, 날 이렇게 낳아 준 부모님이 너무 원망스러움에도 아무런 불평할 수 없던 내가 너무 싫었고, 싫다.

아프다. 너무 힘들다. 정말로 싫다. 평범한 사람들과 조금 차이가 있다는 것을, 다른 사람은 느끼지 못하는 불편을 느낀다는 사실을 알았을 때, 나의 세계가 무너졌다. 두 귀 모두 들리지 않는 사람도 있다는 것, 나보다 더 아픈 사람도 있다는 것을 나도 안다. 하지만 그렇다고 해서 내 아픔이 별 게 아닌 것이 되진 않는다. 두 귀가 처음부터 안 들렸다면 소리에 대한 호기심이 생기겠지만, 지금 내가 청력을 잃게 되면 나는 소리에 대한 갈망을 느낄 것이다. 조금이라도 청력이 덜 나빠지게 하기 위해 이어폰치고 너무 비싼 몇만 원짜리 이어폰을 써야만 하는 끔찍한 제한이, 그래서 친구들과 같은 이어폰조차 쓰지 못하는 내 결함이 너무나도 힘들다. 그리고 나에게 정작 필요한 따스한 포옹이 아닌 싸구려 동정이나 건네는 사람들이 너무 싫다. 뭐가 그리 잘났는지 내 아픔을 자신들의 견해로 재고 딱 자신들이 잰 크기만큼의 동정을 건네는 사람들이 밉다.

아픔은 그 크기를 잴 수 없는 것처럼 비교할 수도 없다. 그렇기에 지금 내게 나의 아픔은 세상 누구의 아픔보다도 더 크다. 모든 아픔은 대수다. 장애가 있는 것도, 병에 걸린 것도, 왕따를 당한 것도, 아끼는 샤프가 부러진 것조차도 대수다. 당사자에겐 너무도 커서 견디지 못할 일일 수도 있다. 나처럼 잘못된 상식을 만들어 현실에서 도피할 수도, 누군가를 원망의 대상으로 삼을 수도 있다. 심하면 잘못된 선택을 하게 될 수도 있다. 사소한 일들도 마찬가지이다. 그러니, 울어도 된다. "왜 별것도 아닌 거에 울어?"라는 말, 듣는 사람에겐 정말 큰 상처가 된다. 내겐 너무도 커서 견딜 수 없는 아픔이고, 세상 누구의 아픔보다 더 큰 아픔이다. 별것이 아닌 게 아니다. 울지 말라는 말, 생각보다 훨씬 더 힘든 명령이다. 위로는 그저 "힘들었겠구나, 수고했어.", "몰라줘서 미안해, 이젠 괜찮아." 이런 말 한마디면 충분하다. 왜 별것도 아닌 일에 우냐는 핀잔보다 훨씬 쉬운 한마디다. 아니면 따뜻한 포옹과 함께 머리를 쓰다듬어 주는 것만으로도 충분하다. 아픔에는 왜 우냐는 핀잔이 아닌 괜찮다는 위로가 필요하다. 그 아픔을 사소하게 여기지 말았으면 좋겠다.

사라지고 있는
편지와의 여정

전북여고 양다은

다은 안녕하세요. 저는 당신이 사라지고 있는 문화에 대해 취재
하러 나온 양다은이라고 합니다. 반가워요, 편지 씨.

편지 안녕하세요. 저는 사람들이 한때는 애정 있게 관심을 가져
준 편지라고 합니다.

다은 편지 씨, 요즘 어떻게 지내시나요?

편지 요즘 아주 속상해요. 옛날에 비해 절 찾지 않는다는 느낌을
온몸으로 체감 중이거든요.

다은 정말 속상하시겠네요. 제가 듣기로는 편지 씨가 오래전에
생겨나셨다고 들었습니다. 정확히 언제 어떻게 생겨나셨는
지 말씀해 주시겠어요?

편지 저는 17~18세기 조선 시대에 '파발'이라는 이름으로 생겨
났어요. 그리고 1884년에 우정총국을 통해 저를 본격적으

거북이들 중에 제일 빠른 거북이_생각·사물

로 드러냈고, 1948년 제대로 된 저를 사람들에게 보내기 시
작했죠.

다은 그런데 요즘 사람들은 소통하는 데 편지가 아닌 인터넷과
휴대폰을 많이 사용하는데, 이 현상에 대해서는 어떻게 생
각하세요?

편지 맞아요. 인터넷이 발달하고 휴대폰을 많이 사용하면서 제
가 점차 사라지게 되었다고 생각해요. 하지만 사람들이 예
전에 연애할 때 편지를 보내고 받던 그 순간순간들이 떨렸
었고 또다시 그 감정을 한번 느껴 보고 싶다고 말하는 것을
들은 적이 있습니다. 그래서 저는 사람들이 편지를 인터넷
이나 휴대폰만큼은 아니더라도 자주 사용해 주었으면 좋겠
어요.

다은 최근에 제가 신문에서 본 게 있는데, 우체통이 벌써 1만 개
나 철거가 되었다고 하더라고요. 집이 사라지는 것이 속상
하지는 않으세요?

편지 사람들에게도 집이 사라진다는 건 정말 암울하고 슬픈 일
이잖아요. 저도 마찬가지예요. 저를 찾는 사람들도 줄고,
집배원들도 줄고 있는데 이젠 집까지……. 박물관이나 기

념관에 전시되어 있는 우체통을 볼 때면 정말 끔찍합니다. '아, 이제 나도 저곳에 들어가 갇혀 있어야 하는 건가?' 하고요. 우체통 입구에 들어갈 때면 정말 기분이 짜릿해요. '아, 내가 누군가에게 보내지는구나.', '답장을 쓰면 또 내가 이곳에 들어오겠지?' 생각하면서 즐거워했어요. 근데 제가 이제 '편지'라는 이름이 아닌 '편지지'로만 남는 것 같아 매우 속상하죠.

다은 집이 사라진다는 것은 정말 괴로운 일인데 담담하게 말씀하시니 더 슬프네요. 그렇다면 편지 씨의 집이 더 이상 사라지지 않기 위해 편지 씨를 활성화할 방법은 무엇이 있나요?

편지 솔직히 말씀드리면 다시 인터넷, 휴대폰이 없던 시절로 돌아가는 거죠. 하지만 현실적으로 그러긴 어려우니까 5월 가정의 달이나 '편지' 하면 생각나는 가을에 편지 쓰기 대회를 하면 어떨까요? 참가하는 사람들도 좋고, 전달되는 저도 좋을 것 같아요.

다은 편지 씨를 그리워하는 사람들이 다시 편지를 활성화하기 위해 많은 노력을 하고 있는데 그중 한 가지가 '편지 살리기 운동'이에요. 이 운동을 하는 사람들에게 해 주고 싶은 얘기가 있으신가요?

편지 너무나도 감사하죠. 이런 정보화 시대에 저를 다시 찾아 주고 기뻐하는 사람들의 얼굴을 떠올리면 저도 모르게 미소가 지어진답니다. 근데 한 가지 아쉬운 점은 절 살리는 운동이라는 것이에요. 물론 저를 다시 찾자는 의미에서 시작된 것인데 '아, 내가 벌써 사람들에게 잊히는 건가, 그래서 날 살리겠다고 하는구나.'라는 안타까움이 있죠. 그럼에도 이 운동을 만들고 동참해 준 사람들께는 감사한 마음을 꼭 전하고 싶어요.

다은 편지 씨는 과거에 다른 이름인 '파발, 봉수' 등으로 사람들을 편리하게 해 주셨는데요, 그때로 다시 돌아가고 싶으신가요?

편지 아니요. 옛날 사람들이 저를 편리하게 여긴 건 사실이지만 전달되는 방법도 너무 불편했고 시간도 너무 오래 걸려서 그때로 돌아가고 싶은 마음은 별로 없어요. 그 대신 만약 돌아간다면 1980~1990년대로 돌아가고 싶어요. 그때 당시 사람들이 절 많이 찾아 주었고, 앞에서도 말했듯이 사람들에게 설레는 감정을 느끼게 해 줬다는 뿌듯함이 많이 들었으니까요.

다은 외람된 질문이지만, 편지 봉투에 붙이는 우표 씨도 점점 사라진다고 들었어요. 여기에 대해선 어떻게 생각하시나요?

편지 이 인터뷰를 하게 된다면 우표 씨 이야기도 꼭 해 주고 싶었는데 친절하게 물어봐 주시네요. 우표 씨도 많이 불안해해요. 괜히 저 때문에 같이 사라지는 것 같아 미안하기도 하고요. 우표 씨를 수집하는 사람들도 있지만 극소수이고, 이제 우표를 모아 두는 박물관까지 생겨나는 추세라 많이 속상해하고 있어요.

다은 마지막으로 또 어디선가 사라질 다른 것에게 해 주고 싶은 말이 있으신가요?

편지 엄청 오래전에 유행했던 옷이 다시는 유행 안 할 것처럼 보이지만 신세대에게 다시 유행하는 것처럼, 저를 포함해 또 어디선가 사라져 가는 다른 것들은 정말 사라지는 것이 아니라 미래에 다시 활성화되기 위해 잠시 쉬는 시간을 가지는 것이라고 생각합니다.

다은 저도 그 말에 전적으로 동의합니다. 유행은 돌고 도는 것이
니까요. 편지 씨, 귀중한 시간 내어 인터뷰해 주셔서 너무
감사드려요. 오늘의 만남으로 인해 편지 씨의 미래가 한층
밝아진 거 같아 기분이 좋네요. 그동안의 이야기와 앞으로
의 이야기들을 나눌 수 있어서 정말 재미있었습니다.

편지 아니에요. 오히려 제가 좋았는걸요. 곧 사라지려고 하는 저
를 위해 손수 찾아오셔서 인터뷰를 해 주신다는 것은 쉬운
일이 아닌데, 이렇게 관심을 가져 주셔서 너무 감사해요. 다
음에 또 만나면 좋겠네요.

깃털,
그 참을 수 없는 가벼움

경남 진주 공군항공과학고 문예창작반

거북이들 중에 제일 빠른 거북이_생각·사물

깃털은 날개의 흔적이다.

만약 사물로 다시 태어난다면 무엇이 되고 싶습니까?

경남 김해 구산고 2학년 3반

'나만 바라봐'파

● 모자 머리 위에 있으려고. -김도윤
● 칠판 나를 보고 배우라고. -김동훈

'날 좀 내버려 둬'파

● 돌 아무것도 안 해도 되니까. -김민지
● 미술 문화 교과서 1년 내내 깨끗하고 얼마 안 쓰여서. -우희진
● 바위 가만히 있고 싶어서. -류진호
● 에프킬라 벌레가 나를 무서워할 테니까. -정윤아
● 이불 침대에 누워 있을 수 있으니까. -한승민
● 책상 가만히 있고 싶다. -최태훈

'자유롭게 살고 싶다'파

● 낙하산 가볍게 날아다녀서 기분이 좋을 것 같다. -김재형
● 먼지 전국 방방곡곡 다 날아다닐 수 있기 때문에. -최승아
● 바람 내가 가고 싶은 곳으로 바로 떠날 수 있어서. -김소현
● 비행기 하늘을 자유롭게 날아다니고 해외에도 자주 가니까. -김지윤

- 비행기 자유롭게 날아다니고 싶다. -허도윤
- 축구공 차이면 아프지만 차여서 받은 스트레스를 높이 멀리 날면서 풀 수 있을 것 같다. -심규민

'하고 싶은 대로'파

- 겨울 이불 푹신푹신해서. -최성령
- 나랑 음악적 취향이 똑같은 사람의 이어폰 세상에 존재하는 내 취향의 노래들(특히 뮤지컬 넘버♡)을 하루 종일 질릴 때까지 듣고 싶다. -김보미
- 루피의 새로운 동료 루피의 동료가 되고 싶다! -고은송
- 박보검의 손거울 박보검을 계속 보고 싶어서. -윤인아
- 안경 앞이 잘 안 보이는 사람에게 눈이 되어 주고 싶어서. -박주혜
- 에어컨 올 여름이 너무 더워서 시원해지고 싶기도 하고, 다른 사람들을 시원하게 해 주고 싶기도 하다. -서경주
- 유명 사진작가의 카메라 나를 사용해 사람들의 좋은 모습을 찍어 줄 수 있기 때문에. -이현지
- 책 자신 안에 이야기를 담고 있는 게 좋다. -한지혜
- 축구화 공 차고 싶다. -곽무상
- 피아노 피아노는 소리가 예뻐서 듣고 있으면 기분이 좋아지고 편안해진다. 사람들에게 좋은 소리를 들려주고 기분도 편안해지게끔 할 수 있다면 좋을 것 같다. -허정화
- 화장대 거울 내 앞에 앉은 사람이 변화하는 모습을 보는 것이 재미있을 것 같아서. -정예슬

'소중한 사람'파

- 고급 브랜드 향수 향기로운 게 좋다. 그리고 이왕이면 고급 브랜드이고 싶다. -배지오
- 금 사람들이 갖고 싶어 하고 좋아한다. -권태희
- 다이아몬드 사람들이 원하고 소중히 여기며 약하지 않고 희귀하니까.

  -박강산
- 돈 많은 사람들이 좋아하고 가지기 위해서 노력하기 때문에. -오윤주
- 시계 모두에게 시간을 보는 건 꼭 필요하니까. 누구나에게 필요한 존재이고 싶다. -최세빈
- '아프리카 TV' 유명 게임 BJ(방송 진행자)의 게임용 컴퓨터 자신의 생계 수단이니 그만큼이나 아껴 주고 소중히 다뤄 줄 것 같다. -이소현
- 음식에 꼭 한 번쯤은 쓰는 소금 누구에게나 필요하고 도움이 되며, 음식을 맛있게 해 주는 그런 역할이어서. -김혜지
- 자유의 여신상 전 세계적으로 유명하기 때문에. -이다은
- 카메라 내가 보고 듣는 소소한 일상에서부터, 멋질 수도 있고 초라할 수도 있는 모든 것들을 내 속에 담고 싶다. -김주은
- 카메라 기억하고 싶은 순간을 담아 줘서. -박소희
- 캔버스 뭐라도 그려지면 가치 있지 않을까 해서. -고은지

나의 고민 자랑   서울 남강고 김서환, 김승진, 오승태, 최유능

나는 사람들에게 미안하다

-김서환

나는 고민이 많다. 많아도 너무 많아서 탈이다. 그중에서 몇 개만 쏙쏙 빼 보겠다.

나는 우선 키가 큰 것이 조금 문제다. 내가 크고 싶어서 큰 것도 아닌데...... 키가 커서 키가 작은 친구들이 잘 안 보일 때도 있다. 그리고 어깨는 '김우빈'급으로 넓어서 뒤에 있는 친구가 내 어깨 때문에 칠판이 안 보인다고 한다. 정말 미안했다.

그리고 또 있다. 나는 산책을 좋아해서 신림 거쳐 서울대 입구 들르고 서울대에 갔다 다시 집으로 온다. 그런데 매일 신림 근처의 클럽 앞에서 어떤 형들이 나 보고 "여기 물 좋아요. 한번 들어와 보세요." 이런다. 너무 잘생겨서 학생처럼은 안 보였나 보다. 나는 진짜 그 형들에게 미안했다. 솔직히 너무 미안했다. 내가 이렇게 태어났는데......

키 크고 잘생기고 어깨 넓은 나 자신 때문에 고민이 많다. 나는 다시 태어나면 키 작고 못생기게 태어났으면 한다. 사람들에게 너무 미안해서......

나는 잘생겼다

-김승진

나에게는 고민이 있다. 내 고민은 나의 얼굴에 대한 것이다. 우리 반 못생긴 친구들은 다들 나를 못생겼다고 한다. 나는 '내 눈에만 내가 이렇게 잘생긴 걸까?' 하고 생각했다. 하지만 아무리 수백 번 수천 번을 봐도 내 완벽한 턱선과 나의 눈빛이 질리지 않는다. 친구들은 그것을 알아주지 않는다.

수학여행 때 '아자르'라는 앱을 사용해서 처음 본 여자들이 뽑아 주는 조건으로 친구들과 외모 대결을 했다. 거기서 만난 몇몇 여자들은 나에게도 잘생겼다는 말을 해 줬다. 그래서 나는 생각했다. '우리 반 애들은 나를 질투하는 거였구나. 자식들, 솔직하게 말하지.'라고. 역시 나는 잘생기긴 했나 보다. 그래서 나는 못생긴 친구들을 생각해서 너그러운 마음으로 못생긴 척하면서 살기로 했다.

하지만 아직도 거울로 내 얼굴을 볼 때면 못생긴 척을 하려 해도 할 수가 없다. 저절로 입에서 웃음이 나오기만 한다. 참는 것도 힘든 일이다. 이제는 친구들이 솔직하게 내가 잘생겼다며 마음을 털어놓으면 좋을 것 같다.

나는 고민이 없는 게 자랑이다

-오승태

나의 고민은 고민이 없는 것이다. 나는 원낙 고민 같은 것을 할 필요가 없기 때문에 남들이 고민을 할 시간에 나는 고민하지 않고 다른 것들을 할 수 있어서 남들보다 더 행복하다. 한마디로 나는 걱정을 하지 않아서 고민이 없는 것이고, 그것이 고민이다.

굳이 한 가지 고민을 꼽자면 학원에 다니는데도 성적이 잘 안 오르는 게 조금 걱정이다. 마음만큼은 1등급인데 그렇게 되지 않는다. 대체 왜 그런지 생각해 보니 아무래도 유전이 문제인 거 같다. 유전자를 잘 타고 나면 공부를 조금만 해도 똑똑한데 아쉽다. 하지만 유전자는 내가 바꿀 수 없는 것이므로, 그건 아주 사소한 고민이며 나는 여전히 별다른 고민 없이 살아간다.

나의 두 가지 고민 자랑

-최유능

내 고민을 두 가지 정도 자랑해 볼까 한다.

첫 번째, 나는 날이 갈수록 키가 커진다. 나는 친구들 중에 키가 큰 편이 아니었다. 중학교 때는 내 친구 기찬이와 키 차이가 심해서 어깨동무도 못 했었다. 그런데 나도 모르는 사이에 지금은 기찬이와 키가 비슷해졌다. 이러다가 키가 190cm까지 커 버리는 건 아닐까 걱정이 되기도 한다.

두 번째, 나는 너무나도 잘생겼다. 새벽에 세수를 할 때 깜짝깜짝 놀라곤 한다. 커서 홍대 쪽을 지나다니다가 길거리 캐스팅을 당하는 건 아닐까 걱정이 된다. 내 꿈은 연예인이 아닌데...... 나에게 캐스팅 제안이 오면 나 대신 탤런트가 되기를 간절히 원하는 내 친구 창진이나 소개시켜 줘야겠다! 거기서 창진이를 잘라 버리면, '외모 지상주의' 웹툰에서 덕화가 떨어지니 자기도 안 하겠다 했던 형석이마냥 나도 안 하려던다. 가끔 나도 모르게 '배우가 되어 전 세계를 휩쓸어 버릴까?' 하는 생각도 드는데, 이런 나 자신이 이젠 무서워진다...... ㅠㅠ

그림으로
사자성어 표현하기

부산중앙여중 권다영, 박지민

有 備 無 患

있을 유   갖출 비   없을 무   근심 환

- **겉뜻:** 갖춤이 있으면 근심이 없다.
- **속뜻:** 미리 준비해 놓으면 걱정이 없다.

위의 상황과 같이 유비무환은 미리 준비해 놓은 사람은 걱정이 없지만
미리 준비하지 않은 사람은 걱정이 있다(가득하다)는 의미로 '갖춤이 있
으면 근심이 없다'는 뜻이다. 우리 모두 미리미리 준비하자!   -권다영

莫 上 莫 下

없을 막　위 상　없을 막　아래 하

- 겉뜻: 위도 없고 아래도 없다.
- 속뜻: 실력이 서로 비슷하여 우열을 가리기 어렵다.

(줄넘기를 한 횟수: 189개)　(줄넘기를 한 횟수: 191개)

한날 두 아이가 체육 시간에 줄넘기를 하게 되었다. 둘은 줄넘기 시합 때문에 예선을 보게 되었다. 그런데 그 예선에서 2명의 친구가 떨어지지 않고 계속 남았는데, 한 친구가 189개, 한 친구는 191개였다. 1분간 더 줄넘기를 할 것인데 두 친구의 실력이 비슷하여 우열을 가리기가 어렵다. 이것을 바로 '막상막하'라고 하는 것일까? ─박지민

"오리 입 내밀지 마!"

......

왠지 모르게 정이 간다.

－인천 신흥중 강민승, 「오리」에서

2

왠지 모르게
정이 간다

가족 · 일상

내 방의 주인 강원 춘천 남춘천중 전종환

엄마, 양말 어디 있어?
두 번째 서랍에.

엄마, 후드 티 어디 있어?
옷장 속에 있잖아.

어? 없었는데…….

난 가끔 생각한다.
내 방의 주인이
내가 아니라 엄마인 것 같다고.

밥도둑 경기 양평 양일고 이병욱

지난밤, 친척들이 다녀간 자리
선물 하나 놓여 있다
꽁꽁 묶여 있어
그 속이 더 궁금하다
찌지직― 테이프를 뜯어내어
그 속을 들여다본다
아, 우리 집에 도둑을 들였구나
순간 밥솥을 지켜야겠다는 생각이
바람처럼 스쳐 간다
이미 늦었구나
밥솥은 텅 비어 있다
부엌 한구석에서
달그락달그락 소리
동생이 밥도둑을 해치우고 있다
나도 빨리 해치우자
리얼 밥도둑 간장 게장

녹슨 오토바이 강원 인제 원통고 고유정

어버이날
빠알간 카네이션 한 송이와
손 편지 들고
홀로 계신 외할머니를 찾아뵌 날

마을 회관 지나
도랑가 길 끝 집
녹슨 대문을 열고
맨발로 마중 나온 할머니 품에 안겨
꼬옥 끌어안고 대청마루에 올라
친구들 이야기
학교 이야기
가족 이야기로
웃음꽃을 피운다

싸리꽃 피어난
마당가 울타리 밑에
외롭게 서 있는 오토바이의 녹슨 손잡이
아직도 할아버지의 손때가 남아 있는데
마당 한가득 그리움만 두고
바람처럼 떠나셨다

송편

충남 논산 쌘뿔여중 인은영

송편을 잘 빚으면
예쁜 아이를 낳아요

저희 엄만 송편 세 개를
빚으셨어요

한 개는 속이 꽉 찬 송편
또 한 개는 바람만 숭숭 들은 송편
마지막은 곱게 빚은 송편

그중에 저는 두 번째인가 봐요
아는 거 하나 없지만
걱정하지 마세요

아무것도 없다는 건

다른 것을 첨가했을 때
가장 잘 어울리는 법이니까요

왕따 부산 부산진중 이상민

우리 집에는
억울한
왕따가 있다

환영받고 싶은데
아무도 맞아 주지
아니하고

같이 장난치고 싶은데
그 반응은
짜증으로 돌아온다

"나는 너희를 위해서 신발 빨고
비 오는 날 걱정되어 데리러 가고……"

그 좋은 책상
그 좋은 휴대폰
그 좋은 컴퓨터
모두 내가 샀건만

아무리 잘해 주고
노력해도
따돌림당하는

생각하면
생각할수록
너무 어이없는

거친 손의 왕따
아버지

빡빡이 인천당하중 황원준

열심히 키운
머리카락들
사라져 간다.

내 머릴 없앤
바리캉 소리
화난 엄마 같다.

반쯤 밀었을 땐
포기한다.
내 머리 아니야.

멈출 수도 없다.
긍정적으로 생각한다.

아, 시원해!

오리 인천 신흥중 강민승

삐져서 입 삐죽 내밀면
"오리 입 내밀지 마!"
혼날까 봐 발뺌하면
"어디서 오리발이야!"

왜 그렇게 오리가
미움을 받는지
알 도리가 없지마는
왠지 모르게 정이 간다

낙서 부산 지산고 조영제

어리지만 똑똑한 우리 동네 꼬마가
통장 아저씨네 집 벽에
낙서를 잔뜩 해 버렸다

아마 지난주 통장 아저씨가
동네 고장 난 시설 좀 고쳐 달라고
화가 난 채 자신에게 찾아온 농사꾼 할아버지를
물 한 바가지 덮어씌우며
문전 박대를 해 버린 것이
너무나 무섭고 얄미워서 그랬나 보다

고것이 그림을 어찌나 잘 그리던지
통장 아저씨의 심술궂고 뻔뻔한 얼굴을
똑같이도 그려 놓았더라

속이 시원해 그림 보며 깔깔 웃던 주민들 탓에
이내 부리나케 현관문을 뛰쳐나온 통장 아저씨

못된 자기 모습이
자기네 집 벽에 그려져
동네방네 킬킬킬 웃음거리 되니
얼굴이 시뻘겋게 달아올라
애꿎은 꼬마 머리만 마구 때려 놓더라

내 배에 있는 비밀

경북 경산여고 박보성

내 배에는
뱃살 말고 또 다른 비밀이 있다.

내 배에 있는 비밀
내 넓은 뱃살 동산 위에 있는
엄마의 사랑이 고이는
조그만 옹달샘 하나

내 배에 있는 비밀
위급하고 힘들고 지칠 때 누르면
내 마음을 사랑으로 안정시켜 주는
조그만 버튼 하나

내 배에는
뱃살 말고 또 다른 비밀이 있다.

아빠 몰래 엄마와 연결하는
내 배에 있는 비밀

아버지
-가장의 무게   부산기계공고 허태기

주름 한번 펴지 못한 허름한 바지
날카로웠던 구두코는 뭉뚝해져
매서운 바람은 날갯죽지에도 몰아치고
어깨를 짓누르는 삶의 무게에 굽은 허리

밀린 작업만큼 늘어나는 주름살에
때 묻은 장갑을 수저처럼 끼고서
선 채로 허겁지겁 끼니를 때우고
하루에 몇 번이고 박차고 나오려다
아른거리는 가족 생각에 고개를 숙인다

소금에 겁먹은 파처럼 시든 몸을
퇴근길 만원 버스 한 귀퉁이에 맡기고
집 앞 허름한 벤치에 앉아

한숨 한 번 쉬고 미소 한 번 지어 보며

구부러진 허리 펴고 현관에 들어선다
아무 일도 없었다는 듯
미소 지으며 내뱉는 그 말
아빠 왔다

만해 마을에서 충북 충주여고 박민지

어느덧 해는 서산을 넘어가고
달이 방 안으로 은근히 손을 내밀길래
선생님 몰래
친구와 살금살금 밖으로 나왔다

잠시만 떠들다가 들어가려 나왔는데
문득 내 눈앞에 놓인 것을 바라보다
나도 모르게 말을 멈추고 가만 듣게 된다
또록또록 풀벌레 소리
콸콸콸 물소리
졸졸졸 새어 나오는 분수 소리

학교에선 그저 소음이라 생각해
귀마개로 귀를 막고 산 나를 바라본다
친구들과 떠드는 것이

가장 흥겨운 소리라 생각해
눈앞에 놓인 것들을 거들떠보지도 않았던
나를 바라본다

만해 마을에서 작은 소리를 들으며
내 가슴에 쌓여 있던 벽들이
무너지는 소리를 듣는다

잠시 다녀오자 서울 상명사대부속여고 방지원

두 볼에 입 맞추는 선선하고 기분 좋은 바람이,
두 코에 창을 날리는 퀴퀴한 거름 냄새가,
두 눈에 그림 그리는 색 예쁜 경치가,
두 손으로 만질 수 있는 할아버지의 또 다른 작은 집이
모두 한곳에 모여 있다.
할아버지 작은 집으로 가는 길엔 풀이랑 나뭇가지가
반겨 주고
할아버지 작은 집에서 돌아오는 길에 풀이랑 나뭇가지가
배웅해 주고

한 손에는
소주 한 병,
한 손에는
후라보노

곱게 들고 올라가
할아버지 작은 집 입구에 놓고
마음속으로 얘기해 보려는 내 마음 아시는지
대꾸해 주시려는 모습이 아른아른
구름 속에 그려진다.
괜찮아, 고맙다.
많이 보고 싶었다.

할아버지 작은 집 입구 주변에 널브러져 있는
추억과,
그리움과,
예쁜 만남의 실들을 주워다가
주머니에 고이 넣은 이 보물들은
다음에 다시 올 때 돌려드려야지.
보물 창고도 아니고,
보물 가게도 아닌
작은 주머니 속이지만
잠시 같이 갔다 와서 다시 할아버지 작은 집 입구에 갖다 놓자.

할아버지도 바뀐 우리들
많이 구경하셔야 하니까.

양심 고백 부산중앙여중 3학년 3반

안녕? 버스 기사 아저씨.

아저씨는 몰랐겠죠?

내가 100원 대신 50원 넣었다는 것을.

안녕? 지하철 기계야.

너는 몰랐겠지?

내가 사실 어린이가 아니라 청소년이라는 것을.

안녕? 카페 언니.

언니는 몰랐겠죠?

내가 카페에 화장실 쓰러 간다는 것을.

안녕? 학원 선생님.

선생님은 몰랐겠죠?

내가 아프다고 한 것은 몸이 아니라 마음이라는 것을.

안녕? 모두들.

너네는 몰랐겠지?

너네도 지금 찔리고 있다는 것을…….

난 S극 경기 안산 경안고 김소진

모든 게 자석이라면

우리 집 N극
핸드폰 N극
침대도 N극
TV cast N극

샤워 S극
등교 S극
인강 S극
교복 S극

다리미 경기 수원하이텍고 박모세

삐뚤어진 나의 모습을 보면
다리미처럼 열을 내시는 우리 어머니

우리 아들딸 잘되라고
다리미처럼 각을 잡아 주시는 우리 어머니

다리미의 열이 식어 가고
잘 다려진 나의 모습

이제는 드려야겠죠?
효도라는 이름의 다림질값

누구나 공감하는
사소한 것들

대전 둔원고 한주희

#1. 장마?

#2. 재채기

#3. 비염   #4. 뭐 하려 했지

한마디 인천보건고 허효흔

내가 태어났을 때 난 처음으로 '엄마'를 보았다.

엄마도 날 보았는데 낯설어서 울어버렸다.

내가 걸음마를 시작했을 땐

모두가 나를 도와주었다. 내 곁에서 늘 지켜 주었다.

아빠랑 엄마 사이에서 낮잠도 자고

커 가면서 아빠에게 애교가 늘어나고

아빠랑 같이 목욕도 했다. 이때가 좋았었다.

시간이 흐르면서
나는 성장했고

성장함과 동시에
아빠와
서먹서먹해졌다.

아빠에게 대들기도 했다.
아빠가 날
위해 하는
말씀이라는 건 알고
있다. 하지만
쓴소리가 마냥
좋을 리가 있으랴.
관계는 더
서먹해졌다.

고등학교를 졸업하고

대학교에
입학하여
어느새
졸업하게
되면

난 직장을 다니겠지.

직장을 구하면 자연스레 부모님 곁을 떠나 자취를 할 것이다.

막상 따뜻한 집밥이
그리워질 수도 있다.

자취방에 도착하면
웃으며 반겨주는
사람도 없을 것이다.

어릴 때 받기 싫던
전화가 어느새
그리우며

부모님은 남은
노후를 곰곰이
생각해
보시겠지.

엄마는 날 위해 늘
애를 쓰셨다.
아침잠이 많은 나를
항상 깨워 주시고

부랴부랴 따뜻한 아침밥을 차려 주셨다.

늘 좋은 향기가 나는 옷들도   늘 깨끗한 방도

다른 아이들에게 기죽을까봐
넉넉히 주시던
용돈도.

아껴 써라.

부모님은 나에게 항상
넘치는 사랑을 퍼 주셨다.
불편함이 없도록 늘 애를
쓰셨는지도 모른다.

나는 그렇게 애정을 주시는 부모님께 '사랑해요', '감사합니다' 같은 말을 하지 않았다.
성장하면서 말도, 표현도 하지 않은 것은 '내'가 먼저 같이 있는 시간을 피했기 때문인지도 모른다.

막상 같이 있으면 휴대폰을 보거나 어색해서 말도 잘 안 했다.

부모님은

생각해 보면 내가 문제인 걸 수도 있다.

그래도

늘 웃으며 날 또 생각하시겠지. 조금 무안해도, 오글거려도 '사랑해요' 이 말 한마디면 내 감정 전부 부모님은 아실 것이다.

엄마와 소리 인천대건고 김현우

우리 엄마는 귀가 참 예민하시다. 아빠나 나는 듣지 못하는 아주 작은 소리가 들리신다고 할 때가 많다. 옆방에서 주무시다가 내가 잠결에 이불을 발로 차는 소리를 듣고 일어나 내 이불을 덮어 주러 오실 정도니 분명 보통 귀는 아닌 것이다. 이게 좋은 점이라 생각할 수 있지만 사실 밝은 귀는 장점보다는 단점이 훨씬 많다. 밤에는 아주 작은 소음에도 잠자리에 들지 못하시고, 겉으로 드러내지는 않으시지만 거슬리는 소리가 꾸준히 들릴 때면 불편해 하시는 기색을 볼 수 있다. 얼마 전에는 이와 관련된 잊지 못할 사건이자 추억이 한 가지 생겼는데 나는 그 일이 아직도 생생하게 기억난다.

어느 여름날 밤, 여느 때처럼 나와 아빠는 잘 준비를 하고 있었고, 잠이 부족하면 매우 힘들어하시는 엄마는 이미 주무시러 들어가신 뒤였다. 내가 자러 들어가려고 할 때였다. 갑자기 엄마가 나오시더니 말씀하셨다.

"부엌 쪽인지 작은 방 쪽인지는 모르겠는데 자꾸 그쪽에서 이

상한 소리가 나."

　나와 아빠는 그 말을 듣고 그 자리에 서서 한참 동안 소리를 듣는 것에 집중했다. 그러나 들리는 것은 아무것도 없었다. 작은 방과 부엌에서 소리가 날 만한 것을 아무리 살펴봐도 소리가 나지는 않았다. 그렇게 한참 허탕을 치며 시간이 흐른 뒤 아빠가 말씀하셨다.

　"피곤해서 그런 걸 거야. 신경 쓰지 말고, 내일 출근도 해야 하니까 이만 자자. 소리가 나는 이유는 내일 찾아보자."

　아빠는 엄마가 들린다고 주장하는 그 소리가 엄마의 기분 탓이라고 확신하시는 거 같았지만 최대한 배려하며 말씀하셨다. 엄마도 더 이상 아무 말씀 안 하시고 방으로 들어가 다시 주무셨다. 나는 아빠와 생각이 달랐는데 분명 엄마가 무언가 들으신 소리가 있고, 아직도 들리지만 늦은 밤 가족들을 생각해서 더 이상 아무 말도 안 하신 거라고 생각했다. 침대에 누워 있던 나는 너무 신경이 쓰여 결국 방을 나와 작은 방 쪽으로 향했다. 그때는 이미 시계가 3시를 향해 가고 있을 때였다. 엄마가 귀가 밝은 것을 아는 나는 최대한 소리를 죽인 채 작은 방의 서랍과 창고를 샅샅이 뒤지기 시작했다. 그런데 이게 웬걸, 오른쪽 창고 구석에서 좀처럼 정체를 드러내지 않았던 그 의문의 소리가 들리기 시작했다. 청소기 소리인지 세탁기 소리인지 도저히 알 수 없던 그 소리는 들으면 들을수록 참 괴상했다. 나는 그 소리의 비밀로 점점 더 손을 뻗어 갔고, 그것을 꺼낸 순간 놀라지 않을 수 없었다. 예전에 쓰던 전화기가 갑자기 켜졌다 꺼졌다를 반복하며 소리를 내는 것이다. 그렇게 소리의 정체를 밝힌 나는 전화기를 껐고 3시가 훌쩍 넘은 시간에 다시 잠을 청했다. 엄마의 청각이 실로 놀라웠던 순간이었다. 다음 날 아침, 엄마는 나에게 오시더니 슬그머니 말씀하였다.

"아들, 고마워."

엄마는 그 새벽에도 소리와 사투 중이셨고 내가 그 소리를 끈 것도 알고 계신 것이었다. 나는 뿌듯한 마음이 드는 한편 가족을 위해 괜찮은 척하신 엄마한테 미안하고 고마운 마음이 들었다. 고맙다는 엄마의 말에 나는 사랑한다는 말로 대답했다. 엄마는 그 말에 웃으시며 직장으로, 나는 학교로 나섰다.

엘리베이터와의 전쟁

울산 신선여고 공수빈

나는 중 2 때 이 아파트로 이사를 왔다. 그것도 16층으로 말이다. 나는 16층에 산다는 것이 나에게 전혀 문제될 것이 없다고 생각했다. 1년 전 고 1이 되기 전까지는. 문제라고 해서 위층이 시끄럽다든가, 아래층에 매일 피해를 준다든가, 앞집과 불화가 있다든가, 16층이 높아서 무섭다든가 이런 건 전혀 아니다.

문제는 바로 아침, 나의 등교 시간마다 일어나는 엘리베이터와의 전쟁이다. 내가 집에서 나와 학교까지 가는 데 걸리는 시간은 10~15분이다. 매일 아침 7시에 일어나 뒤척거리다 씻으러 들어가는 시간은 7시 10분. 그리고 학교 갈 준비가 끝나면 7시 40분이 된다. 오늘은 현관문을 열며 시간을 확인해 보니 7시 43분이었다. 그때 또 다른 무언가가 내 시선에 들어온다. 14층. 13층. 12층. 바로 방금 전에 내려간 엘리베이터이다. 순간 나의 사고 회로가 정지된다. 정신을 차리고 가방을 들쳐 메며 내려가는 버튼을 누르고 기다린다.

점점 올라온다. 14층, 15층, 16층, 17층……. 16층에서 멈추면

107

될 것을 저기 높은 24층까지 올라간다. 24층, '띵!' 하고 멈추면 아들이 이제 고 1이 되어 만날 때마다 나와 고등학교 이야기를 나누는 아주머니가 타셨을 것이다. 21층, '띵!'. 작년까지는 중학생이었는데 이젠 고등학생이 된 한 남자아이가 탔을 것이다. 18층, '띵!'. 회사에 출근하는 아저씨가 타셨을 것이다. 16층, '띵!'. 드디어 내가 탄다.

엘리베이터 문이 열리는 순간 역시 나의 모든 생각이 맞았다는 것을 알 수 있다. 엘리베이터를 타면서 내심 '이대로 안 서고 쭉 내려갔으면 좋겠다.'라고 생각해 보지만 나의 간절함은 이내 처참하게 무산된다.

15층, '띵!'. 어쩌다 한 번씩 같이 타는 초등학생이 탄다. '요즘 초등학생들은 학교를 어쩜 저리 빨리 가는지 나는 늘 8시 20분에 나갔던 것 같은데……. 맨날 엄마에게 떠밀려 입에 밥 한가득 넣고 나갔는데, 요즘 애들은 참 부지런하다.'라는 생각이 끝나기도 전에 9층, '띵!'. 작년까지는 초등학생이었지만 이제 중학생이 된 한 여자아이와 그 아이의 아빠가 같이 탄다. 드디어 모두가 다 탔다. 9층 밑으로는 한 번에 쭉 내려간다. 정말 사이다를 원샷한 듯 속이 뻥 뚫리는 기분이다.

이로써 엘리베이터에는 총 7명의 사람이 탔다. 드디어 1층이 되고 시간을 확인해 보니 7시 46분이다. 하지만 얼마 있지 않아

7시 47분으로 바뀌고 만다. 그러면 나는 죽을 듯이 학교를 향해 뛰어간다. 결국 나에게 오는 보상이라고는 '딩동댕!' 종소리와 함께 앉았다 일어나기를 30번이나 하게 해 주는 지각이다.

행복한 삶의 필수 과정

인천 가림고 명지수

2014년 7월, 운동을 하던 나는 허리가 아파 정형외과를 찾게
되었다. 이미 작년에도 허리 통증 때문에 침을 맞은 적이 있어서
크게 걱정이 되지 않았다. 동네 정형외과에서 엑스레이를 찍고
진료를 받았다. 그런데 의사 선생님의 표정이 좋지 않았다. 나는
허리를 삔 정도라고 생각하고 있었다. 그런데 의사 선생님께서
엑스레이 사진을 보시며

"그동안 많이 아프거나 하지 않았어요?"

"앉아 있으면 다리가 좀 많이 저려요."

그 후에 엑스레이 사진을 나와 부모님께 보여 주시며

"여기를 보면 뼈가 앞으로 많이 빠졌죠? 이게 척추 전방 전위
증이라는 건데, 이 정도면 2기에서 3기 정도예요. 아무래도 선천
적인 원인도 있는 것 같은데……. 심한 운동을 많이 했기 때문이
라고 할 수도 있겠죠. 그리고 여기로 신경이 지나가는데, 신경이
눌리게 되니까 다리가 저릴 수밖에 없어요. 이게 사람에 따라 다
르지만 많이 빠지면 하반신 마비가 올 수도 있어요."

부모님은

"그럼 수술해야 하나요? 물리 치료 같은 거로는 안 되는 거예요?"

"아, 이거 여기서는 수술 못 하고 큰 병원에 가 보셔야 해요."

집으로 돌아오는 차 안에서 나도 모르게 눈물이 고였다. 뭔가 서러웠다. 어릴 때부터 건강에 자신이 있던 내게 이런 큰 병이 찾아올 줄은 몰랐다. 하지만 약한 모습을 다른 사람에게 보이고 싶지 않았다. 그래서 누구한테든지 내 병을 말할 때는 정말 아무렇지 않은 척했다.

그 후 병원을 여러 곳 방문해 봤지만 모두 수술을 피했다. 그리고 돌아오는 반응은 모두 같았다.

"큰 대학 병원 가 보세요. 여기서는 수술 못 해 줘요."

결국 서울에 있는 대학 병원까지 가게 되었다. 첫 번째로 방문을 한 곳은 서울 삼성 병원이었다. 처음 방문했을 때 엄청난 규모에 나는 놀랄 수밖에 없었다. 그리고 깔끔한 내부와 디자인! '그동안 내가 다닌 곳은 병원이 아니었던 건가?' 하는 생각마저 들게 만들었다. 진료를 받을 때 의사 선생님께서는 자신 있게

"수술해 주겠습니다. 날짜는 여기서 잡고 가시면 돼요."

하지만 수술 날짜를 잡으려면 다음 해 여름까지 기다려야 했다. 별수 없이 날짜를 최대한 방학으로 맞추고 나왔다. 두 번째로

인제대학교 백 병원, 세 번째로 신촌 세브란스 병원에 갔다. 마지막으로 서울 아산 병원까지 가게 되었다.

서울 아산 병원 역시 서울 삼성 병원만큼 어마어마했다. 의사 선생님이 여러 가지로 꼼꼼히 신경을 써 주시는 모습에 신뢰가 갔다. 게다가 "이거 최대한 빨리해야 합니다. 다음 해 3월에 시간 내서 바로 수술해야 할 것 같습니다."라고 하시면서 수술 날짜까지 앞당겨 주시는 섬세함도 보여 주셨다. 그래서 삼성 병원에서 잡은 예약을 취소하고 아산 병원에서 수술을 받기로 했다.

2015년 3월 개학식, 오랜만에 학교에 갔다. 처음 뵌 담임 선생님께 인사를 드리고 친구들에게 잘 있으라는 말만 남기고 아산 병원으로 갔다. 병원에 도착해 혈액을 뽑고 소변 검사와 신체검사를 했다. 그리고 환자복으로 갈아입은 뒤 병실에서 다운로드해 온 영화를 보며 놀았다. 다음 날, 내일 아침 일찍 수술을 받을 거라는 설명을 들었다. 그날 밤 잠이 들기 전 여러 가지 생각이 들었다.

'만약 내일 수술이 끝났는데 발가락이 움직이지 않으면 어쩌지?'라는 생각을 하며 괜히 발가락을 꼼지락거려 보았다. 만약 수술이 실패하면 학교로 돌아갈 수 있을지 걱정이 들었다. 좋은 생각만 하려고 해도 자꾸만 안 좋은 상상이 떠오르는 것은 막을 수가 없었다.

다음 날 아침, 8시도 되지 않았지만 옷을 갈아입고 머리를 묶는 등 수술 준비를 하느라 분주했다. 수술실로 옮겨지는 동안에도 어젯밤 나를 괴롭혔던 안 좋은 생각들이 자꾸만 떠올랐다. 천장을 바라보며 계속해서 기도했다.

"제발 수술이 잘 되게 해 주세요. 눈을 떴을 때 발가락이 움직였으면 좋겠어요. 정말 이거 실패하면 안 돼요. 제발⋯⋯."

마침내 도착한 수술실, 큰 조명과 수술대가 있었다. 내가 언제 이런 데를 구경하겠나 싶어 자꾸 주위를 둘러보았다. 나는 수술대 위로 옮겨졌다. 수술대는 생각보다 차가웠다. 그리고 마취제가 들어간 후 나는 나도 모르는 새 잠이 들었다.

눈을 떴을 때 하얀 천장이 보였다. 허리가 뻐근한 느낌이 들며 아팠다. 가만히 누워서 참고 있으니 간호사 언니가 참기 어려울 정도로 많이 아프면 진통제를 투여해 주겠다고 하였다. 하지만 참을 수 있는 것도 잠시였다. 시간이 지날수록 마취에서 깨어나 점점 통증이 심해졌다. 이런 통증은 상상을 못 해 봤다. 너무 아프고 움직일 수도 없었다. 간호사 언니를 소리쳐 부를 수도 없었다. 내가 소리를 지르면 주변에 있는 수술을 받고 나온 환자들에게도 피해가 갈 것만 같았다. 게다가 목소리도 잘 나오지 않았다. 낑낑대는 목소리로 계속 간호사 언니를 불렀지만 목소리가 너무 작아 잘 들리지 않는 것 같았다. 하지만 이 상황에서 계속 들었던 생각은 아파서 다행이고, 움직일 수 있어서 다행이라는 생각이었다. 그런 생각을 하며 고통을 참고 있는데 간호사 언니가 와서 진통제를 투여해 주었고 나는 잠이 들고 말았다.

눈을 떴을 때는 내 병실이었다. 허리에는 고인 피를 빼 주는 관 두 개가 연결되어 있었고 소변 관도 하나 연결되어 있었다. 다음 날까지는 음식을 먹지 못한다고 해서 슬펐다. 삶의 낙을 하루 동안이나 빼앗긴다는 것은 너무나도 슬픈 일이다. 어쩔 수 없이 그 날은 물만 마셨다.

수술 1일 후, 음식을 먹을 수 있다고 해서 밥이 나왔다. 하지만 계속 누워만 있어서인지 가스가 차서 배가 아프고 속이 좋지 않아 음식을 제대로 못 먹었다. 아무래도 처방받은 약이 세서 그랬던 것 같다. 적어도 일주일은 누워 있어야 한다니 그 말을 듣는 순간부터 답답해 죽을 것 같았다. 역시 가만히 있는 것은 내 체질에 맞지 않는다.

수술 5일 후. 보통 척추 측만증으로 수술한 애들은 걸어 다니는 훈련을 할 시기이다. 그 생각을 하니 괜히 서러운 생각이 들었다. 계속해서 걸을 날만 기다리고 있는데 누워서 뭘 어쩌지 못하는 것이 속상했다. 결국에는 서러움이 폭발해서 엄마 앞에서 울고 말았다.

"다른 애들은 벌써 걸어서 돌아다니는데, 왜 저만 누워 있어야 돼요? 저도 빨리 걷고 싶단 말이에요."

아마 같은 병실 아이가 걸어서 돌아다니는 걸 보니 더 서러워져 그런 것 같다. 울음을 그치고 나니 다시 마음이 차분해졌다. 약간은 창피하고 부끄럽기도 했다.

수술을 한 지 일주일이 지나갔다. 드디어 나도 걷는 연습을 했다. 오랜 시간을 누워 있다가 섰더니 머리가 어지러웠다. 하지만 너무 신나서 병원 이곳저곳을 돌아다녔다. 걸을 수 있다는 것이 이렇게 기쁘고 신나는 일이라는 걸 그제야 깨닫게 되었다.

수술하기 전에는 당연하기만 했던 일이 수술 후에는 감사한 일이 된 것이다. 여러 사람들이 병문안을 왔다. 그리고 인천에 있는 병원으로 옮긴 후에는 담임 선생님과 지난 학기에 나를 가르쳐 주셨던 수학 선생님께서 병문안을 오셔서 가정 통신문과 여러 가지 학교 소식을 전해 주셨다. 담임 선생님은 하루밖에 뵙지 못했지만 병문안을 와 주셔서 감동을 받았고 너무 감사했다. 그리고 친구들도 와서 수다를 떨고 여러 맛있는 것들을 사다 주어서 심심했던 시간을 채워 주었다.

거의 두 달의 시간이 지나고 드디어 학교에 가게 되었다. 아직 허리가 다 낫지 않아서 서서 수업을 들어야 했지만 친구들이 도와주고 선생님들께서 많이 신경을 써 주셔서 편하게 학교생활을 할 수 있었다. 정말 힘든 일이었지만 평소에 느끼지 못했던 소중함을 깨닫게 되었다.

그렇게 일상생활을 하다 보니 수술 전에는 보이지 않던 것들이 보이기 시작했다. 특히 우리 주변에 장애인 시설이 충분치 않다는 것이 가장 크게 와 닿았다. 지금은 신체 활동이 편해졌지만 여전히 장애인 시설의 부족함을 느끼게 되는 것은 사실이다.

인생은 롤러코스터라는 말이 있다. 주변에 있는 사람들의 삶이 모두 행복해 보일 수 있지만 그들 나름대로 힘이 들고 감당하기 어려워서 눈물을 흘리는 날이 있었다. 하지만 모두가 그 시련을 극복하고 웃으며 행복하게 살아가고 있다.

행복한 사람들은 시련을 겪지 않아서 행복한 것이 아니다. 시련을 겪어 봤기에 지금의 행복이 더 크게 느껴지고 감사한 것이다. 시련을 극복하고 나면 사소한 것들에도 행복을 느끼게 된다. 시련은 사람을 성장시킨다. 그리고 섬세하게 만든다. 우리는 자신이 고통을 겪기 전까지는 다른 사람의 고통에 공감하기 힘들다. 하물며 몸이 불편한 장애인들의 삶과 감정에 비장애인들은 어떻게 공감할 수 있을까? 훌륭한 위인들은 행복해 보이지만 이들 역시도 과거에 큰 시련과 고통을 겪었던 사람들이다. 그들은 큰 시련을 이겨 내고 그 시련의 극복을 기억하고 있기에 훌륭한 사람이 될 수 있었다. 산을 오를 때면 멀고 높은 산의 정상을 보며 힘들고 포기하고 싶다는 생각이 자꾸만 든다. 하지만 그 고통을 이겨 낸 사람들은 산의 정상에서 세상을 내려다보며 소리를 외친다. 그리고 이내 그 고통을 잊어버리고 행복해진다. 하지만 이겨 내지 못하고 포기해 버린 사람들은 그 기쁨을 느끼지 못한 채 다시 돌아가 제자리에 머물러 불행한 사람이 된다. 지나간 시련은 아무것도 아닌 것이 된다.

다가온 시련에 굴복한 채로 불행해지지 말자. 시련을 극복한 뒤 진정으로 행복한 사람이 되자. 나는 이게 바로 행복한 삶을 살기 위해 겪어야만 하는 필수적인 과정이라고 생각한다.

평택이   충북 충주 산척중 곽선준

우리 옆집에 새로운 강아지가 왔다. 주인 할머니는 개를 목줄로 묶는다. 내가 묻는다.

"할머니, 이 강아지 어디서 왔어요?"

할머니가 말씀하셨다.

"어? 음, 평택이었나? 아, 맞아. 평택이란다."

나는 평택이 어디인지, 심지어 대한민국에 있는지도 몰랐다.

강아지를 살펴보며 할아버지가 말씀하셨다.

"개 이름은 뭐여?"

할머니가 말씀하셨다.

"음, 평택에서 왔으니 평택이유."

평택이라는 말을 알아들었는지 평택이는 헥헥거리며 꼬리를 살랑거렸다.

"선준아!"

어머니가 날 부르신다.

"왜요?"

짜증이 섞인 말투로 말했다.

"평택이 밥 좀 주고 와."

나는 이해가 안 됐다.

"우리 집 강아지도 아닌데 왜 밥을 줘? 그리고 먹다 남은 것을 주면 좋겠어?"

엄마는 그냥 가라는 듯이 나를 쫓았다.

"에이, 씨."

나는 터벅터벅 걸어 나갔다. 평택이는 나를 뚫어져라 쳐다보며 반겼다. 밥그릇에 국물 같은 밥을 쪼르르 따라 주었다. 평택이는 바로 허겁지겁 먹었다. 나는 마음속으로 '어휴, 우리가 먹다 버린 것도 모르고 잘도 먹네.' 이랬지만, 맛있게 먹으라고 하고 싶었다.

평택이는 먹다 말고 나를 향해 짖었다.

"왈왈!"

나는 가던 발걸음을 멈추고 뒤를 돌아보았다. 물끄러미 나를 쳐다보는 평택이를 나도 모르게 다가가 손으로 쓰다듬었다. 솜사탕을 만지는 듯 너무 부드러웠다. 평택이는 내 손길을 느끼듯 누우면서 애교를 부렸다. 하지만 어머니가 날 부르셔서 그만 가야 했다.

평택이는 날마다 조금씩 자랐다.

이제는 어머니가

"선준아!"

라고 하면

"네! 평택이 밥 주고 올게요."

나는 바로 대답을 하였다

밥을 주며 쓰다듬는 것이 습관이 되었다. 평택이가 너무 좋았다. 이렇게나 나를 좋아해 준 사람은 별로 없었는데 강아지가 나를 반겨 주다니.

얼마 후 평택이는 우리 마을에 적응을 했는지 가끔씩 목줄을 스스로 풀고 동네를 헤집고 다니곤 했다. 나는 호기심이 생겨서 평택이를 풀어놓고

"야, 공 가지고 와!"

하면서 공을 던졌다.

그때 나는 느꼈다. TV와 현실은 참 다르다고. 평택이는 갖고 오라는 공은 안 가져오고 풀밭으로만 쏘다녔다. 평택이를 가까스로 잡은 나는 헉헉 숨을 내쉬었다. 평택이를 다시 묶으며 "에이, 씨."라고 못마땅해했지만, 마음으로는 평택이와의 시간이 재미있게 느껴졌다.

평택이와 나는 점점 더 친해졌다.

그런데 하루는 평택이가 힘없이 엎드려 구토를 하였다. 나는 걱정이 되었지만 아무 소리도 하지 않았다. 지금 생각해 봐도 내가 왜 그랬는지 모르겠다.

평택이가 기진맥진하며 집으로 터덜터덜 걸어가는 모습이 뭔가 나를 더 아프게 했다. 내가 상한 음식을 준 것은 아닐까? 내가 너무 지나치게 장난을 걸었나? 내 머릿속은 온통 평택이 걱정밖에 없었다.

이제 평택이는 나보다 덩치가 커져서 강아지가 아니라 개가 된 느낌이었다. 이젠 귀여운 '낑낑'도 아닌 '왈왈' 소리를 내고 내가 다가가면 꼬리를 살랑거리며 나를 반겨 주었다.

며칠 후 평택이가 없어졌다. 나는 평택이가 어디로 갔는지 여기저기 찾아보았지만 보이지 않았다. 나는 엄마에게 물었다.

"엄마, 엄마. 평택이 어디 갔는지 아세요?"

엄마가 말하였다

"아……. 선준아, 평택이 방금 팔렸어, 개장수한테."

나는 뭔가에 맞은 듯한 기분이 들었다. 나는 아무 생각도 할 수 없었다. 평상시 평택이가 놀던 마당엔 평택이의 집도 없고, 평택이가 가지고 놀던 공만 덩그러니 놓여 있었다. 평택이를 괴롭히던 파리들조차 보이지 않았다.

그리고 며칠 후 새로운 강아지가 왔다.

나는 다시는 강아지에게 정을 붙이지 않겠다고 다짐하였지만 생각대로 되지 않았다. 새로 온 강아지를 쓰다듬을 때엔 평택이 생각이 간절하였다. 평택이한테 미안한 마음이 자꾸 들었다. 무엇보다 평택이가 없어진 것에 적응하는 내 모습이 정말 싫었다.

사랑 충북 청주 양업고 염지혜

제가 좋아하는 연예인이 누군지 아시나요? 크리스탈, 수지, 박보영, 전지현, 이영애. 그렇다면 이들의 공통점이 무엇일까요? 맞아요, 예쁘죠.

본격적으로 제 멘토를 소개하기에 앞서 왜 멘토로 삼았는지 알려 드리기 위해 재미없을 수도 있는 저의 중학교 때 이야기를 잠깐 들려 드릴게요. 중학교 1학년 때 전 왕따를 당했습니다. 벌써 5년이나 지난 이야기지만 아직도 생생하게 기억나요. 정말 친했던 친구들의 눈빛이 한순간에 바뀌는 것이 너무 무서웠어요. 그리고 저도 잘 모르는 친구들이 저를 안 좋게 보고, 수군거리는 게 가장 견디기 힘들었어요. 게다가 제 곁에 있어 주었던 친구들한테도 이간질을 하여 저를 떠나게 만들었거든요. 왜 왕따를 당하는지 이유조차 모른 채 그렇게 약 1년간 괴롭힘을 당하다가, 중학교 2학년 여름 방학이 지나서야 전학을 가게 되었어요. 전학 간 중학교에서는 친구들이 너무 착하고 잘 대해 줘서 즐겁게 다녔어요. 하지만 한 가지 문제가 있었는데, 친구들이 저를 외모로 많이 놀렸다는 거예요. 물론 지금 생각해 보면 그냥 정말 철없던 친구들의 장난일 뿐이었지만, 그런 이야기를 계속 반복해서 들으니 '정말 그런가?' 하다가 언젠가부터 무의식적으로 '진짜 그렇구나.' 하게 되더라고요. 그 때문에 저는 제 외모에 대해서 스트레스도 많이 받고, 자존감도 바닥을 쳤어요. 그때 제 상태가 어느 정도였냐면 집에 붙어 있는 거울들을 다 종이로 가려 놓은 적도 있고, '왕따당한 게 내가 못생겨서였나.' 이런 생각도 하고, 중학교 졸업 앨범 나온 날에 사진 속의 제가 너무 못생겨서 엄마 아빠 앞에서 성형시켜 달라고 펑펑 울었던 적도 있어요. 지금 생각해 보면 완전 불효자식이 따로 없어요. 지금은 이렇게 웃으면서 얘기할 수 있지만, 14살, 15살 때의 저에겐 정말 힘들었던 중학교 시절이었어요.

이렇게 지내던 저에게 작년 이맘때쯤, 제가 겪어온 삶을 되돌아볼 수 있게 해 주고, 저를 지금의 저로, 지금의 생각으로 살아가도록 계기를 만들어 준 사람이 있었습니다. 바로 개그우먼 박지선이에요. 박지선이 '청춘 페스티벌'이라는 행사에서 청춘들을 대상으로 강연을 했었어요. 그 강연에서 박지선은 한 손에는 노란 양산을 들고, 다른 한 손에는 마이크를 들고나와서 이야기를 시작해요. 사실 박지선은 객관적으로 봤을 때 우리들의 머릿속에 박혀 있는 미인형 얼굴은 아니죠. 하지만 본인은 자신의 얼굴을 못생겼다고 생각한 적이 한 번도 없다고 합니다. 오히려 유니크하게 생겼다고 말해요. 고등학교 때 피부과에서 오진을 해서 박피를 여섯 번이나 했다고 해요. 너무 아파서 고등학교를 휴학하기도 했었고, 대학교 때는 재발해서 얼굴에 아무것도 바르지 못하게 되었대요. 평생 '쌩얼'로 살게 된 거예요. 그럼에도 그녀는 개그우먼이 되기로 결심합니다. 박지선이 고려대학교 사범대학 교육학과를 나온 건 다들 들어 보셨죠? 중고등학교 때 주입식 교육의 노예였다고 합니다. 누가 시켜서 하는 걸 좋아해서 즐겁게 공부했다고 해요. 그러다가 특별한 꿈이 없어서 점수에 맞춰서 대학교에 갑니다. 그런데 대학교는 자신이 수강 신청을 하잖아요. 그래서 친한 친구가 하는 대로 똑같이 4년 동안 따라 했다고 해요. 임용 고시 학원에도 따라갔는데, 유명 강사의 강의를 듣겠다고 500여 명이 좁은 강의실에 모여 있었대요. 근데 어느 날 함박눈이 내리는데, 그 500명 중 아무도 그걸 안 보고 필기만 미친 듯이 하더래요. 박지선은 2시간 동안 눈 오는 풍경을 보면서 '저 함박눈도 저렇게 자유로워 보이는데 나는 행복하지가 않아! 언제까지 액세서리로 살아야 해!'라는 생각을 하다 문득 '내가 행복한 때는 언제였지?'라는 의문이 들더래요. 쭈욱 기억을 되돌려 보다가 딱 떠오른 게 반에서 3~4명 모아 놓고 웃겼을 때였다고 해요. 그 길로 고시 학원을 박차고 나와 개그맨 시험장 문을 두

드렸고 바로 합격했대요. 처음 선배들과의 대면식 날, 옥동자, 오지헌, 박휘순이 와서 "올해는 너구나! 좋다! 괜찮네!" 하고 가더래요. 그 뒤에 신봉선이 오더니 불쾌한 표정으로 "얘가 나 이겼잖아! 나 이제 뭐 먹고 살아! 너 좋겠다." 하고 가고요. 여태 못생겼다, 보기 싫다 그런 말을 많이 들어왔는데 개그맨 집단에서는 박지선을 긍정적으로 평가해 주는 거예요. 그렇게 긍정적인 이야기를 많이 해 주니까 자연스럽게 자존감이 올라가게 되었다고 해요. 그리고 박지선이 마지막에 이렇게 말해요.

"저는 제 얼굴을 사랑해서 날 사랑해 줄 집단을 찾아간 것 같아요. 잇몸 교정도 안 하고 어떤 시술도 하지 않을 겁니다. 모든 사람은 다른 사람에게 사랑받길 원하잖아요. 나 자신조차 나를 사랑하지 않으면 누가 날 사랑해 주겠어요?"

이 말을 듣고, 저는 박지선이 예뻐 보이기 시작했어요. 그리고 이 이후로 다른 사람들을 볼 때 자기 자신을 사랑하는 사람들을 보면 정말 예뻐 보이는 거예요. 멀리서 찾지 않아도 주변에서 쉽게 느낄 수 있다고 생각해요. 자기 자신을 사랑하는 사람에게서는 숨기려 해도 뿜어져 나오는 그 에너지나 아우라 같은 거, 행동 하나하나에서 '나는 나를 사랑한다.'라는 게 뿜어져 나오는 느낌, 여러분도 느낀 적이 있을지 모르겠지만 저는 정말 많이 느끼거든요. 참 신기하지 않아요?

박지선의 강연을 본 것이 계기가 되어 다시 생각해 보니까 결국 박지선이 말하는 것도, 저를 지금의 저로 있게 해 준 것도, 본질적으로는 '사랑'이더라고요. 누구를, 어떻게 사랑하는지를 떠나서요. 네, 드디어 말씀드리자면 저의 멘토는 바로 사랑입니다. 보통 '사랑의 힘'이라면서 우스갯소리를 할 때가 많지만, 저는 그 '사랑의 힘'이 정말 대단하다는 걸 알고 있기 때문에 여러분에게 알려 드리고 싶었고, 그래서 알려 드리려고 해요.

저의 중학교 때 이야기를 이어서 하자면, 제가 그렇게 괴롭힘을 당하면서도 1년이나 버틸 수 있었던 건 담임 선생님과 부모님 덕분이라고 생각해요. 특히 그때를 생각하면 부모님이 함께 떠오르는데, 죄송하고 감사한 마음밖에 안 들더라고요. 저희 부모님이라고 자식이 학교에서 왕따를 당할 줄 아셨겠어요? 게다가 여러 번 겪어 본 일도 아니고, 어떻게 해야 제가 견뎌 낼지, 뭐가 더 저한테 좋은 것인지, 엄마 아빠 두 분이서 많이 고민하셨을 걸 생각하니 마음이 아프더라고요. 또 제가 전학 가기 전에 한 달 정도 학교를 안 갔는데(방학 포함해서 세 달 정도 집 밖에 거의 안 나갔어요.), 큰딸 혼자 집에 두고 출근할 때의 부모님 마음을 헤아릴수록 내가 참 불효를 했구나 하는 생각도 들고요. 제가 말하고 싶은 건, 부모님의 사랑 덕분에 제가 버틸 수 있었다는 거예요. 매일 학교에서 돌아와 우는 저를 항상 안아 주시고, 함께 울어 주시고, 같이 욕도 하면서 화내 주시고, 부모님은 이렇게 사랑을 표현하시며 저를 달래 주셨어요. 음, 저는 학교에 제 편이 없다는 게 가장 힘들었는데, 그 얘기를 할 때마다 엄마가 저한테 해 주셨던 말씀이 있어요. "엄마 아빠는 네 편이야. 엄마랑 아빠가 우리 큰딸 사랑해." 하고요.

저는 제 외모에 대한 생각이 중학교 때랑 크게 달라진 건 없어요. 여전히 저의 외모에 대해 불만도 많고, 여전히 성형을 할 계획이에요. 중 2 때부터 저는 스무 살이 되기를 정말 바랐는데, 그 이유가 성형을 할 수 있기 때문이었거든요. (근데 벌써 6개월밖에 남지 않았어요!)

그 외에 정말 크게 바뀐 것이 하나 있다면, 이러한 외모와 성격을 가지고, 이러한 생각을 하는 저 자체를 사랑하게 되었다는 거예요. 설명하기가 조금 어려운데, 그러니까 내가 왜 '내 외모가 별로다.'라고 생각하는지 그 이유를 알고, 그렇게 생각하는 '나'를 인정하고, 그 '나' 자체를 사랑한다는 거예요. 이렇게 되기까지 저에게 수없이 질문을 했어요. 어떠한(대부분 나쁜) 감정이 나를 지배하려고 들 때면, '내가 지금 왜 이런 감정이 들지?'라고 묻고 솔직하게 대답했어요. 그전까지는 어떠한 감정이 들면 금방 지배당해 버렸거든요. 하지만 지금은 그 솔직한 대답을 인정해 버리니까 사랑할 수 있게 되더라고요.

저에게 있어서 '사랑'이라는 건, 남에게 힘을 줄 수도 있고, 자기 자신이 힘을 얻을 수 있는 위대한 멘토입니다.

사실 원래 이 글을 마무리하려고 했던 날짜가 한 달이 훨씬 넘었는데, 시작이 참 어렵더라고요. 그리고 본격적으로 쓰고 나서도 미루고 미루게 된 건, 시작보다 끝맺음이 더 어렵기 때문이었어요. 그래서 마지막으로 한마디만 하고 끝낼게요.

모두 사랑합니다! 그리고 모두 사랑하세요.

나와 미친놈과
긴 지하철

경기 용인 흥덕고 한승훈

미친놈이다.

미친놈이 나타났다.

이 시간대 지하철에는 다양한 종류의 인간들이 존재한다.

대부분의 인간은 어디론가 가기 위해서 지하철을 타지만 지하철을 '수단'으로 여기는 우리와는 달리, 지하철을 타는 것이 '목적'인 사람들이 있다. 가족들의 등쌀에 떠밀려 지하철에서 친목회를 하는 어르신들부터 물건을 파는 판매원까지.

하지만 단언컨대 이 지하철에서 최상의 포식자는 따로 있다.

미친놈.

사람들은 그들을 이렇게 부른다. 그들의 특징에는 여러 가지가 있지만 보통 사람들은 그들을 쉽게 구별할 수 있다. 연령대, 외모 등으로는 그들을 구별할 수 없지만 그들만이 지닌 한 가지 특징이 있기 때문이다. 욕설과 알 수 없는 말들을 중얼거리고, 자신의 한을 풀어 줄 중생을 찾는 것.

한번 잘못 걸리면 종점까지 그들의 욕설과 사회에 대한 불만을 들어야 하므로, 그저 조용히 집에 가고 싶어 하는 소시민들에게는 이처럼 무서운 존재가 없으리라. 그런데 하필, 길고 긴 지하철, 많고 많은 자리 중 하필 그 '미친놈'께서 내 앞에 오셨다.

먹잇감을 찾는 야수의 눈을 가진 미친놈께서 내 앞에 있다는 말이다.

그야말로 이 지하철에서의 최상위 포식자. 가엾은 어린양은 그저 떨고 있을 뿐이다.

나는 이어폰을 끼고 휴대폰을 하기 시작했다.

미친놈의 주의를 끌지만 않으면 무사할 수 있다는 얘기를 들었기 때문이다.

귀를 막은 이어폰 너머로 포식자의 알 수 없는 울음소리가 계속 들려왔다.

다행히 포식자는 마땅한 먹이를 찾지 못하고 허공에 아우성만 내뱉는 것 같았다.

집까지 다섯 정거장. 다섯 정거장만 버티면 나의 승리다.

나는 무사히 집에 가서 승리의 축배를 들고 이 고단한 하루를 깔끔하게 마무리하리라.

그때였다. 내 이어폰을 누군가 강하게 낚아채 갔다.

"이 새끼야. 어른이 말씀하시는데 휴대폰만 쳐다보냐?"

1라운드가 시작됐다.

알고 보니 이 포식자는 처음부터 나를 먹이로 삼고 있었다. 내가 탄 칸에는 나 말고는 전부 다 어른들뿐이었고 가장 만만해 보이는 내가 먹잇감이 됐던 것이다. 그는 꾸준히 나에게 무력 도발을 감행하고 있었으나, 나는 이어폰을 꽂고 있어서 그의 선전 포고를 묵살하고 있었을 뿐이었다.

"네?"

"이제야 말이 통하네. 씨발……, 너 지금 나라가 왜 이러는지 아냐?"

아니요. 몰라요. 적어도 지금은 알고 싶지 않다고요.

그동안의 소통의 부재가 해결되자 미친놈은 댐이 터지듯이 말과 함께 침을 뿜어 대기 시작했다.

대꾸하지 말자. 집까지 네 정거장. 일어나서 다른 칸으로 옮기면 나는 무사히 귀환할 수 있을 것이다.

내가 짐을 챙겨서 일어나려는 순간 그는 내 어깨를 힘으로 눌러 나를 다시 자리에 앉혔다.

"저 내려야 되는데……."

"저 밑에 계룡산에서 어떤 도사가 예언한 게 있는데, 2050년에 정도령이 이 조선 땅에……."

미친놈은 내 말을 들으려고 하지도 않았다. 내 말을 못 들은 것은 아니었다. 나를 앉힐 때 그의 수염 거뭇거뭇한 입꼬리가 미세하게 올라갔기 때문이다. 프로 미친놈이다. 프로한테 걸린 것이다. 몇 차례 더 자리 피하기를 시도해 봤지만 나의 작은 반란은 무자비하게 진압되었다.

소리를 지르며 일어날까? 그건 내 소심한 성격에 가능한 일이 아니다. 경찰에 신고할까? 아니다. 그럼 더욱 피곤해질 것이다.

하지만 이대로 가다 간 종점까지 풍수지리 특강을 들어야 한다. 주위를 둘러보았지만 그 누구도 날 도와주려고 하지 않았다.

하긴 나 같아도 굳이 미친놈을 자극하고 싶지는 않을 것이다. 다른 이들의 목적 또한 피곤한 몸을 이끌고 집에 무사히 가는 것이니까.

아아, 비통하다. 뜻을 펼치지 못하고 이대로 분당선에 묻히는구나.

이때 나는 강렬한 눈빛을 봤다. 문 쪽에 서 계신 할아버지. 모자 사이로 보이는 하얗게 센 머리는 그가 꽤 나이가 많다는 것을 알려 주었지만 짙은 눈썹과 앙다문 입술은 소싯적 그의 기상을 짐작할 수 있게 했다.

그리고 결정적으로 모자에 쓰여 있는 글자.

'해병대 전우회'

할아버지는 고개를 끄덕였다. 말하지 않아도 그분이 무슨 말을 하려는지 알 수 있었다.

'나만 믿게, 젊은이.'

몇 차례 할아버지와 눈빛이 오갔다. 미친놈은 자신의 이야기에 심취해서 우리의 작전을 눈치채지 못한 것 같았다.

우리는 빠르게 눈짓, 손짓을 주고받으며 작전을 짰다.

집까지 두 정거장. 시간은 얼마 남지 않았다.

미친놈이 자신의 이야기에 가장 취했을 때 '지금이다!' 나는 번개처럼 자리에서 일어났다.

나비처럼 날아서 벌처럼 쏜다!

"할아버지, 여기 앉으세요."

그리고 할아버지의 어시스트!

"아이고, 고맙네. 학생."

우리는 번개처럼 서로 자리를 바꿨다. 누가 그랬던가? 몸은 눈보다 빠르다고. 손이었나?

아무튼 마치 만화 「슬램 덩크」의 한 장면처럼 정말 환상의 호흡이었다.

그야말로 체크 메이트였다. 미친놈은 갑작스러운 상황에 당황

해했고, 자리에 앉은 할아버지가 만만한 상대가 아니라는 것을 확인하고 다시 나를 찾기 시작했다. 하지만 나는 문 앞. 나는 세상에서 가장 너그러운 표정으로 미친놈에게 눈웃음을 날렸다.

나는 이번 역에서 내린다. 놈이 주저하는 것을 봐서 따라 내릴 것 같지는 않았다. 하하, 나의 완벽한 승리다!

안녕, 미친놈! 안녕, 할아버지! 고마워요, 대한민국 해병대!

그때 갑자기 지하철이 멈췄다.

"어⋯⋯, 우리 열차는 유압 장치의 이상으로 잠시 정차합니다. 점검이 끝난 뒤 다시 출발하겠습니다."

미친놈이 방송을 듣고 미소를 지으며 서서히 다가온다.

"거, 사람이 말을 하는데 왜 갑자기 가고 그래?"

2라운드가 시작됐다.

[출출한 청춘들을 위한 레시피]

박 CHEF의 '야간 매점'

강원 동해 묵호고 박현

안녕하세요? 저는 2학년 3반 대표 셰프 '박 셰프'입니다! 제가 설명할 것은 상황에 따라 개나 소나 남녀노소 직접 해 먹을 수 있는 간단한 요리 두 가지입니다. 요리의 주제는 강원도입니다. 강원도 하면 감자와 옥수수죠? 네, 그렇습니다. 저는 오늘 옥수수를 이용한 요리 두 가지를 설명하려고 합니다.

상황 1

시험 기간에 공부하다가 배가 고픈데 집에 옥수수 통조림밖에 없을 때 만들 수 있는, 친구들의 입맛을 취향 저격~하는 중독성 있는 '마약 옥수수'!(조리 시간: 약 10분)

재료

옥수수 통조림 1캔, 버터 2큰술, 마요네즈 1큰술, 우유 3큰술, 꿀 1큰술(설탕 대체 가능), 파마산 치즈 가루, 고춧가루, 파슬리 가루

1. 옥수수 통조림 1캔을 따서 그 내용물을 체에 받쳐 물기를 제거해 주세요.

2. 버터 2큰술, 마요네즈 1큰술, 우유 3큰술, 꿀(아 설탕) 1큰술을 팬에 넣고 잘 저으면서 졸여 주세요.(타지 않게 불은 약하게!)

3. 어느 정도 걸쭉해지면 물기를 제거한 옥수수를 넣고 잘 저어 주세요.(이때부터 불은 중불로 해 주세요.)

4. 옥수수를 접시에 담고 파마산 치즈 가루를 1큰술 반 정도 뿌려 주세요.

5. 파슬리 가루와 고춧가루 조금 뿌려 주시면 '마약 옥수수' 완성!

상황 2

친구들이 집에 왔을 때, 나의 요리 실력을 부풀려 줄 만한 요리! 재료와 조리법은 매우 간단하지만 맛은 간단하지 않은 '옥수수전'!(조리 시간: 약 20분)

재료

옥수수 통조림 1캔, 튀김 가루 반 컵 (꾹!), 물 1/3컵, 연유(꿀, 올리고당), 식용유

1. 옥수수 통조림 1캔을 따서 그 내용물을 체에 받쳐 물기를 제거해 주세요.

2. 옥수수와 튀김 가루 반 컵, 물 1/3컵을 섞어 주세요.

3. 취향에 따라 한 숟가락 크기로 넣거나 크게 하나로 만들어서 프라이팬에 올립니다.

4. 어느 정도 익었다 싶으면 뒤집어 줍니다.(뒤집을 때 부서지지 않도록! 한 번에 확 뒤집어야 합니다.)

5. 접시에 올리고 연유를 뿌려 주면 '옥수수전' 완성!

비록 간단해 보여도 맛은 절대로 간단하지 않습니다.
한 번쯤은 꼭 해 먹어 보세요. 그럼 20000~! ^^

[인물 인터뷰]

세계 최고의
잠 전문가를 찾아서

경남 양산 효암고 2학년 3반

책상과 하나가 되어 버린 남호. 무작정 꾸짖기보다는 왜 수업 시간에 자는지 그 이유를 알아보자.

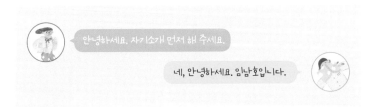

안녕하세요. 자기소개 먼저 해 주세요.

네, 안녕하세요. 임남호입니다.

잠을 대략 7시간 정도 자는 것을 알고 있었나요?

 저도 기록을 수치화해 본 건 처음 봐서 상당히 놀랍네요.

 그렇군요. 보통 몇 시에 자길래 그렇게 오래 잠을 자는 건가요?

 일단 최소 7시는 넘어가고요.
최근엔 5시에 잠든 적도 있었어요.

 그러면 아침엔 몇 시에 일어나는 건가요?

 7시에 일어납니다.

 밤에 늦게 자는 이유가 무엇이라고 생각하나요?

 인터넷의 발달이 큰 영향을 끼친 것 같아요. 가깝게는 우리가 느낀 지진, 멀게는 영국의 손흥민 선수, 미국의 오승환 선수 등등 다양한 소식들을 SNS, 인터넷 포털 사이트 뉴스 등을 통해 접하다 보면 잠잘 시간이 훌쩍 흘러가 버려요.

 혹시 선생님들께서는 그렇게 잠을 오랫동안 자면 뭐라고 안 하시나요?

 죄송하고 염치없는 발언이겠지만 선생님들께서도 저를 깨우느라 지치시지 마시고 그냥 내버려 두세요. 하하, 농담이고요. 저도 눈 떠 있도록 노력하겠습니다.
(p.s. 수학 시간은 깨어 있기 너무 어려워요.......)

[How To Make A Girlfriend]
여친을 만드는 10가지 과정   부산영남중 정준호

1. 전화번호를 딴다.
2. 카톡이나 페메를 한다.
3. 호감을 갖게 만든다.
4. 자연스럽게 잘해 준다.
5. 좋아하는 것을 주거나 만들어 준다.
6. 애정 표현을 많이 한다.
7. 같이 많이 놀러 간다.
8. 내가 깔끔하고 멋지다는 것을 보여 준다.
9. 나의 잘생긴 면을 표현한다.
10. 사랑한다고 고백한다.

커플이 된 사례를 살펴보자.

창민의 이야기

친구 사이에서 둘이 호감을 느껴 좋아하게 되고 '썸'을 타면서 전화랑 카톡을 주 기적으로 하였다. 서로 호감을 느낄 수 있게 자신의 스타일을 보여 주고 둘이 좋아 하게 되면서 ○○○이라는 창민의 여친이 먼저 고백을 하여 둘이 사귀게 되 었다.

현우의 이야기

현우는 원래 ○○○이라는 아이를 좋아했다. 그래서 현우는 카톡이나 페메를 보내면서 자주 연락을 주고받았다. 그리고 연락을 주고받으면서 서로의 마음을 알게 되었고 현우가 10월 23일 저녁에 고백한 것을 이 받아 주어서 둘이 사귀게 되었다.

나의 이야기

나는 1년 동안 친구로 지낸 여자아이가 있었다. 그런데 1년 동안 친구로 지내다 보니 서로 호감이 생겼고 어떻게 하다 보니 사귀게 되었다. 사귀기 전부터 카톡도 많이 하고 전화도 자주 했고 많이 만나봐서 서로에 대해 잘 알았다. 그래서 내가 고백을 하고 사귀게 된 것이다.

주목! 여친 만드는 비법을 특급 공개한다.

1. 착하게 대한다.
2. 고민을 잘 들어 준다.
3. 얼굴이 이쁘다고 자주 말한다.
4. 장점을 구체적으로 말하고 칭찬해 준다.
5. 상대방을 좋아하는 감정을 잘 표현한다.

여러분도 이러면 여자 친구 만들기 완성~!

P.S. 하지만 잘생기면 이런 비법 따위 필요 없다.

이제 사람들은 벚꽃이 아닌
파인애플을 보러 오기 시작했어. 아, 짜릿해.

—충남 천안 북일여고 기연서, 「소박한 바람」에서

3

짜릿해

학교 · 친구

우산 하나 경기 고양 서정중 전승호

비가 너무 많이 왔다
어쩔 수 없이 우산을 하나 샀다

우산이 하나밖에 없다
어쩔 수 없이 친구와 함께 썼다

우산이 너무 작았다
어쩔 수 없이 친구와 가까워졌다

비가 다시 그쳤다
어쩔 수 없이 친구와 떨어졌다

집에 가서 침대에 누워 생각했다
내일도 비가 왔으면 좋겠다

부반장
광주인성고 김민철

친구들과 놀고 있는 쉬는 시간
선생님의 호출에 달려가는 반장

친구들은 비꼬듯 나에게 말한다
부반장은 하는 게 없어!

이젠 이런 말도 익숙해서
자연스레 대답한다

꼬우면 니들이 하던가
왜 뽑아 놓고 지랄이니?

눈치 게임   대구 영남공고 노석범

선생님이 나에게
몇 대 맞을 것인지 묻는다

정해 놓았으면서

시험지 대구 운암중 권지연

내 시험지에 비가 내리네
내 마음속에 비가 내리네
어제 공부할걸

옆 친구는 눈이 오는데
내 시험지는 비만 오네

내 시험지만 울고 있네
나도 울고 있네

오미자 경기 광주 경화여고 안승혜

단맛과 같은 친구
삶의 피로를 풀어 주는

신맛과 같은 친구
삶에 활력을 불어넣어 주는

짠맛과 같은 친구
삶을 포기하지 않게 잡아 주는

떫은맛과 같은 친구
삶을 반성할 수 있게 도와주는

쓴맛과 같은 친구
삶을 올바른 길로 이끌어 주는

나는 그런 친구들이 있으면 좋겠다
나는 그런 친구가 될 수 있으면 좋겠다

지각

대구 경원고 윤효덕

저 멀리 보이는 나와 같은 학교 학생

뭐 그리 바쁘다고 저리 뛰어갈까

나처럼 천천히 걸으며

출근하는 직장인도 구경하고

가게 문을 활짝 여는 어여쁜 아가씨도 구경하며 가면

친구들과 선생님께서 박수 치고 활짝 웃으며 환영해 줄 텐데

거울 인천 계양고 이준형

나에게는 친구가
하나 있다

나만 바라봐 주는
그런 친구

혹시 보고 있지 않나 하고
힐긋 보면

나를 힐긋 보고 있는
그런 친구

고 3 충북 음성 대소금왕고 이형진

뭐했다고 나는 벌써 고 3인가
나에게 고 3은 안 올 줄 알았는데
수능은 먼 나라 얘기인 줄 알았는데
놀고먹고 하다 보니 34일 남았구나
학교 뒤 벼는 누렇게 익었는데
하늘은 저렇게 높고 푸르른데
단풍은 울긋불긋 정겹게 물드는데
이렇게 좋은 가을 날씨에
왜 나는 교실에 틀어박혀 있는가
아 억울하다 내가 고 3이라니
내년에 고생할 후배들을 생각하며
가슴속 억울함을 꾹 참아 본다
수능이 34일 코앞으로 다가왔는데
배가 고파 식단표를 들여다본다
고 3의 낙이라면 급식이 아니겠는가

굶주린 배 채우고 야자 시작

하려니 달이 너무 이쁘구나

달빛을 위안 삼아 공부를 시작한다

텅 빈 교실이 참으로 썰렁하다

대학 문턱은 왜 이리 높은지

내신 성적 살펴보니 서울 상경은 글렀다

이럴 줄 알았으면 공부 좀 할걸

후회해도 늦었다 이미 원서 썼다

수시면 어떻고 정시면 어떠냐

자신 있게 대학 문턱 넘어 보자

수능이 34일 졸업이 네 달

허름해진 교복 탁탁 털고

예쁜 새 옷 빼입고

기분 좋게 오티 가자

얼마 남지 않았다 수능

얼마 남지 않았다 졸업

남은 고 3 나는 즐기련다

이 악물고 버텨 보자 고 3들아

대학교 정문이 우리를 기다린다

소박한 바람 충남 천안 북일여고 기연서

아침 9시 30분에 눈을 떠서 밥을 먹고 버스를 타도 무단 지각이 아니었으면 좋겠다.

버스를 탔는데 버스 문짝이 떨어져 갈아타려다 버스가 안 와서 학교를 못 갔으면 좋겠다.

학교에 검은 연기가 나서 불인 줄 알고 오전 수업만 했는데 알고 보니 아저씨들이 고구마를 구워 먹은 거였으면 좋겠다.

개교기념일을 잘못 알려 줘서 평일에 교장 선생님만 학교에 나오는 일이 생겼으면 좋겠다.

학교 운동장 잔디에 꽃이 활짝 펴서 차마 밟을 수 없어 남고 운동장을 쓰다가 잘생긴 애랑 눈 마주치면 좋겠다.

책상 다리가 부러져서 누워서 수업을 들으면 좋겠다.

급식 아주머니가 실수로 고구마 맛탕을 나에게만 많이 주셨으면 좋겠다.

겨울에 우리 학교 언덕이 얼어서 전교생이 못 올라가 수업을 안 했으면 좋겠다.

중앙 현관 거울 옆의 나무가 진짜 파인애플로 변해서 다 같이 먹었으면 좋겠다.

그러다가 파인애플 씨가 운동장에 우연히 떨어져 싹이 트고 잎이 나서 운동장이 파인애플 천지가 되고 학교가 파인애플 관광 명소가 된다!

이제 더 이상 사람들은 벚꽃이 아닌 파인애플을 보러 오기 시작한다.

짜릿해.

라고 꿈을 꾸었으면 좋겠다.

꿈꾸었으면 좋겠다.

꿈꿔서 행복했으면 좋겠다.

꿈꾸는 아이들 모두가 행복했으면 좋겠다.

그리고 지금, 쥐 죽은 듯 조용한 새벽 1시

이 시간이 멈춰 버렸으면 좋겠다.

행복한 여고 대전 둔산여고 손정민

#1.

#2.

제주별곡 경기 안양고 강규송

안녕 안녕 잘 있어라 일 삼 학년 후배 선배
간다 간다 우린 간다 제주도로 수학여행
공항 가는 관광버스 덜컹덜컹 흔들리고
공항 가는 내 마음도 두근두근 떨려 오네
공항에서 큰 비행기 바라보니 신기하고
처음 타는 기내 좌석 창가라서 기분 좋다
덜컹덜컹 비행기가 굴러가다 떠오르니
두근두근 내 마음은 하염없이 요동치네
넓고 넓은 하늘 보니 저 구름이 너무 멋져
사진 한 장 찍으려고 카메라로 찍어 대니
아름다운 내 추억이 한 개 두 개 생겨나네
도착했다 큰 제주도 생각보다 훨씬 크다
설레는 마음으로 창밖으로 경치 보니
보슬보슬 이슬비가 주룩주룩 큰비 되어
쓸데없이 적극적으로 제주 입도 축하하네

비를 보니 드는 마음 하느님은 무얼 할까
제주 버스 승차하고 처음으로 도착한 곳
제주 시민 살고 있는 제주 민속 한옥 마을
처음 보는 제주 사람 외국인인 양 신기하네
두 번째로 제주도의 관광 명소 찾아가니
넓디넓은 제주 바다 확 보이는 섭지코지
바람 불고 비가 내려 오래 볼 순 없었지만
이게 바로 세계 유산 그 제주도 맞나 보다
저녁 되어 밥 먹으러 식당 안에 들어가니
이게 웬일 돼지고기 한상 가득 차려 있네
거기다가 무한 리필 얼씨구나 신명 난다
밥 다 먹고 이제 숙소 조금 쉬러 들어가니
10시까지 자유 시간 얼씨구나 놀 판이다
눈떠 보니 벌써 아침 식사 시간 지나갔네
세수하고 머릴 감고 준비하고 나가 보니
이게 정녕 제주 하늘 높디높고 청명하네
어제 욕한 하느님께 너무나도 죄송하여
오늘만은 하느님께 감사 인사드립니다
날씨 맑아 기분 좋아 제주도 또 다녀 보자
트릭 아트 신기해서 주야장천 사진 찍으니

니 얼굴도 내 얼굴도 웃음꽃이 활짝 피네
또 가 본 곳 정방 폭포 웅장하고 높디높아
떨어지는 물방울이 용기가 참 가상하다
해는 지고 숙소 오니 내일이면 가는구나
말 못 하는 이 아쉬움 누구에게 설명할까
옆 친구도 울상이라 어디 한번 말을 거니
자기도 참 아쉬워서 하루만 더 있고 싶네
마지막 날 깨어 보니 이제 정말 가는구나
잘 있거라 제주도야 언제 한번 다시 오마
버스 타고 비행기 타 김포 공항 도착하니
제주도의 추억들만 새록새록 피어나네
집에 가서 침대 누워 수학여행 생각하니
정말 정말 좋은 경험 학교에게 감사하다
언제 다시 또 가고픈 바다 건너 제주도에
잃어버린 모자처럼 거기 계속 남고 싶네

안녕, 나의 10대여!
안녕, 나의 스무 살!

충북 청주신흥고 박태진

쉬지 않고 달려왔던 3년의 시간. 입학한 지가 엊그제 같은데 벌써 졸업이라니 매우 얼떨떨하다. 나름대로 공부를 하긴 했지만 만족보다 후회와 아쉬움이 밀려오는 건 사실이다. 촌에서 살다가 청주로 학교를 다니게 되면서 낯선 애들과 낯선 환경에 적응을 못할까 봐 걱정도 많이 들었지만 다행히 그런 것들이 대인 관계에 악영향을 끼친 적은 없었다.

1학년부터 3학년까지 달려오면서 야자와의 인연은 끊을 수가 없었다. 나는 정말 성실히 자습에 참여했지만, 정작 몇몇 애들은 열외도 하고 심지어 자습에 참여하지 않는 모습도 보게 되면서 억울한 마음이 들기도 하였다. 하지만 지금 와서 보니 야자에 참여하면서 얻은 것이 많은 것 같다. 끝까지 무엇이든 하려는 의지와 꿈을 향해 달려가는 강한 목표 의식을 가지게 된 것 같다.

적어도 3년 동안은 내가 하고 싶은 것들은 잠시 미뤄 두고, 공부에만 매진하기를 부모님이나 학교 선생님들은 바라셨을 것이다. 그러다가 2학년 때 성적이 계속 하향 곡선을 타자 나는 그 기대감에 부응하지 못할 것 같아 이쯤에서 포기할까 하는 유혹에 빠질 뻔도 했다.

하지만 여름 방학 때 응급 처치로 사람의 생명을 살려 보기도 하고, 보건 동아리에 가입하게 되면서 나에게 꿈이 생겼다. 단순히 아무것도 하지 않았으면 희망을 상실한 채 무기력하게 살아갔을 테지만, 고등학교에서 배운 끈기와 정신력 덕분에 끝까지 포기하지 않은 것 같다. 남들보다 성적은 많이 뒤처졌지만 응급 구조학과에 가고자 하는 의지 덕분에 공부에서 손을 놓지 않았다. 이 글을 쓰기 전에는 나의 고등학교 3년간의 시간이 그저 공부도 열심히 하지 않고, 고통에 찌들어가는 무기력한 시간이었다는 생각을 했었다. 하지만 곰곰이 생각해 보니 3년 동안 잘 버텨 낸 인내심이 나를 오히려 강하게 키워 준 셈이었다. 아직 수능이라는 큰 걸림돌이 남아 있지만, 지금까지 달려온 모습을 바탕으로 나아간다면 힘든 과정도 이겨 낼 수 있을 것이라 생각한다.

20년 후, 나는 응급 구조사로 활동하고 있을 것이다. 단순히 응급 환자를 후송하는 것에 그치지 않고 보건 안전 교육사, 응급 처치 강사 등 많은 부분에서 지역 사회를 위해 일하고 있을 것이다. 사람들은 사람의 생명을 살리는 걸 중요하게 생각하고 헌신과 희생을 하는 모습에 박수를 보낸다. 하지만 그 속에는 다른 모습, 아픈 현실이 존재하고 있다. 시간이 흐를수록 응급 구조사의 대우, 전망은 어두워질 것이다. 응급 구조사의 수요는 계속해서 늘고 있지만 낡고 열악한 의료 장비와 짜디짠 임금과 복지, 쉴 틈 없는 근무 시간 등은 응급 구조사의 마음을 아프게 한다. 이러한 부정적인 현실은 나에게도 예외는 아닐 것이다. 하지만 내가 진심으로 그 직업을 사랑하고 책임감과 사명감을 갖고 살아간다면, 부정적인 문제는 충분히 극복할 수 있을 것이다. 단순히 위험한 직업이라고 회피하고 아무도 나서지 않을 때, 그 일은 내가 할 수도 있어야 하고, 또 누구나 할 수 있어야 한다고 생각한다. 주위의 도움의 손길을 바라는 사람들은 당연히 도와주어야 하고, 사람의 생명을 살리는 직업은 반드시 존중받아야 한다.

처음에는 응급 구조사로 활동하는 것이 많이 힘들고 적응하기도 힘들 것 같다. 점차 내공이 쌓이고 이 직업이 나의 적성에 완전히 부합하게 되면 이보다 행복한 일은 없을 것이다. 위험한 사건, 사고가 끊임없이 일어나고 있다. 안전에 대한 문제는 우리 사회 발전의 큰 걸림돌로 자리 잡을 것이다. 그런 환경 속에서도 많은 응급 구조사들이 버텨 주고, 함께 나아가는 모습이 정말 필요할 것이다. 우리나라뿐만 아니라 해외로도 나가 지구촌 곳곳에서 고통받는 사람들을 구하거나 치료하고 싶은 꿈이 있다.

생명은 지역, 인종, 성별에 관계없이 존중을 받아야 하기에 누구든지 이런 직업에 관심을 가져 주었으면 좋겠다. 어떤 직업을 갖든지 자신에게 무궁무진한 가능성이 있다는 생각과 그 분야에서 최선을 다하는 자세가 중요하다. 직업의 전망이 좋지 않더라도 낙담하지 말고 긍정적인 태도로 직업에 대한 자부심을 갖는 것도 중요하다. 우리나라에 사건, 사고가 일어나지 않는 날까지 많은 사람들의 생명을 구하고 싶다.

김강우 부모님께

안녕하세요? 저는 3월 한 달 동안 김강우와 짝이었던 김나현입니다. 요즘 날씨가 따뜻하죠? 이제 꽃샘추위가 물러가고 싹이 나올 4월이네요. 저는 휴먼시아 아파트에 살아요. 집 앞에 벚꽃이 핀 모습 보셨어요? 벚꽃이 참 예쁘게 폈어요. 그래서 벚꽃이 핀 길에서 사진을 찍었어요. ^^

제 소개를 드리자면, 먼저 저의 외모는 안경을 끼고 긴 머리카락을 가지고 있으며 키는 보통입니다. 성적은 강우랑 비슷할 것 같아요. 제 주변에는 무엇이든 열심히 하고, 저를 아껴 주는 친구들이 많습니다. 저희 부모님께서 항상 강조하시는 말씀은 자신감을 가지고 무슨 일에나 최선을 다하라는 것입니다.

저는 음악을 좋아합니다. 가요, 팝송 듣기를 좋아하는데 제가 가장 즐겨 듣는 팝송은 「Marry you」라는 노래입니다. 저희 반은 아침에 책을 읽는데 저는 요즘 역사에 관한 책을 주로 읽습니다. 그리고 저의 꿈은 초등학교 교사입니다. 저는 플루트 연주가 취미예요. 요즘은 플루트로 가요도 연주하는데 태연의 「만약에」를 연습하고 있습니다.

저희 담임 선생님은 이현진 선생님이십니다. 선생님께서는 국어를 담당하시고, 예의, 노력, 생각을 항상 중요시 여기십니다. 선생님에게서 꼼꼼함과 깐깐함이 느껴지기도 하지만 저희를 너무 사랑하시고, 저희가 바른 사람이 될 수 있도록 교육하시는 것을 알 수 있어요.

저희 반은 학급 일기를 씁니다. 저희 반 친구들이 돌아가면서 한 번씩 쓰고 친구들이 쓴 일기를 같이 보기도 합니다. 강우가 쓴 일기를 보았는데, 글을 너무 잘 쓰는 것 같습니다. 이제 3월이 지나서 짝을 바꾸게 되었어요. 그래서 김강우 부모님께 이렇게 편지를 쓰게 되었어요.

이제 제 짝 김강우에 대해 소개해 드릴게요. 강우는 첫인상이 똑똑해 보였어요. 그리고 저보다 어리게 생겼고, 정말 순진하게 생겼어요. 그런데 쉬는 시간에 한 번씩 '언젠간~ 가~겠지~ 푸르른 이~ 청춘' 이 노래를 불러요. 마치 저희 아빠나 할아버지 같아서 항상 저를 웃게 만들어요. ^^

강우는 아는 것이 참 많아요. 책을 많이 읽어서 그런지 똑똑해요. 이번에 시험 친 영재 과학 시험도 평소에 잘했기 때문에 결과가 좋을 것 같아요. 강우는 수업 시간에도 선생님 말씀에 귀를 기울여 집중하고, 주변에 친구들도 많고, 좌석 위치는 3번째 분단에서 맨 앞자리에 앉아요. 특히 친구들 중 김승민이라는 친구와 가장 친하게 지내요. 승민이는 강우처럼 성격이 좋은 친구예요.

강우는 점심시간에 깨끗이 양치질을 하고, 남자애들과 재미있게 수다도 떨고, 뛰어놀아요. 3월 중 강우와 가장 기억에 남는 일은 처음 짝이 되었을 때인 것 같아요. 처음에는 정말 어색하고 친하지도 않았어요. 하지만 강우와 짝이 돼서 한 달 동안 재미있고 즐거웠습니다.

감기 조심하시고 건강하세요. 지금까지 이 편지를 읽어 주셔서 정말 감사합니다. 그리고 곧 있으면 영어 듣기 시험을 치러요. 강우는 이번 시험도 왠지 잘 칠 것 같아요.

그럼 안녕히 계세요. ^^

2016년 4월 1일
김나현 올림

'오늘의 고운 말' 활동에 대하여

세종 고운중 임형섭

우리 1학년 10반은 1학기 초에 학급 규칙을 정했다. 1. 욕하지 않기, 2. 친구를 장난으로라도 때리지 않기, 3. 수업 시간에 떠들거나 졸지 않기. 이렇게 3개의 규칙을 만들었다. 하지만 '욕하지 않기'라는 학급 규칙 1번은 잘 지켜지지 않았고 여기저기서 욕을 많이 사용한다는 말이 여러 친구들 사이에서 불만처럼 들려왔다. 계속해서 회의도 하고, 거칠게 말을 사용하는 아이들은 선생님과 상담도 하고 달벌 일지도 썼지만, 너무 습관이 들어서인지 쉽게 욕을 하는 분위기가 고쳐지지 않았다.

그래서 선생님께서는 '오늘의 고운 말'이란 활동을 학급에서 실천해 보자고 건의하셨다. 그 활동은 이렇다. 먼저 우리들이 메모지에 각자 듣고 싶거나 친구들에게 하고 싶은 고운 말을 적는다. 그리고 그 종이를 칠판에 붙이고 매일 아침 고운 말 도우미가 그날의 상황이나 마음에 맞게 한 가지의 고운 말을 선택한다. 그러면 우리 반 아이들 모두 그 메모지에 써 있는 오늘의 고운 말을 하루에 최소 3번은 말을 해야 한다. 조회 시간에 짝꿍이나 주변 친구들에게 하기도 하고, 그날 그 말을 꼭 들어야 하는 아이들을 골라서 해 보기도 한다.

이런 식으로 '오늘의 고운 말'을 진행하게 되었는데, 이 고운 말을 정하여 알려 주는 일을 1학기에는 예훈이가 담당하게 되었다. 처음 고운 말을 적는 날, 나는 가장 기본적인 고운 말인 '잘했어'를 메모지에 적어서 칠판에 붙였다. 주변을 둘러보니 다른 친구들은 '고마워', '최고야' 등의 단순한 것부터 기발하고 재미있는 것까지 칠판에 붙이기 시작했다. 우리는 규칙대로 예훈이가 아침마다 정한 고운 말을 친구들에게 말했다. 그리고 학교에서 생각날 때마다 친구들에게 장난으로라도 고운 말을 하기 시작했다.

그렇게 '오늘의 고운 말'을 실천하다 보니 어느새 거의 모든 학생들이 습관처럼 고운 말을 사용하게 되었다. 물론 낯간지럽기도 하고 오글거리는 말도 있어서 일부러 고운 말을 외면한 날도 있었다. 하지만 오늘의 고운 말은 대부분 친구를 칭찬하는 말이거나 하루를 잘 보내라며 응원하는 말이었기 때문에 말하기도 좋고 듣기에도 좋은 말들이었다.

그중에는 재미있는 고운 말도 있었다. 누가 쓴 건지는 모르지만 '잘생겼다'라는 고운 말이 있었다. 남자아이들은 여자애들한테도 '잘생겼다'고 하며 장난치듯 웃었고, 여자아이들도 그냥 웃으면서 남자아이들에게 '잘생겼어'를 연달아 이야기했다. 이렇게 친구들끼리 대화를 나누기도 하고 서로 웃으면서 칭찬을 하기도 해서 좋았다.

물론 우리가 '오늘의 고운 말' 활동을 실천한다고 평소 사용했던 비속어가 갑자기 확 줄거나 그러지는 않을 것이다. 그래도 일상에서 거의 써 보지 않았던 고운 말을 사용하면서, 고운 말에 대해 조금이라도 생각하게 된 것 같다.

2학기에는 효솔이가 고운 말 도우미를 하게 되었고, 오늘의 고운 말도 1학기 때의 단순한 것을 넘어서서 다섯 글자 이상으로 길게 만들어 보기로 했다. 그리고 매일 아침마다 조회 시간에 오늘의 고운 말을 정해서 먼저 짝꿍에게 그 말을 하고 하루를 시작한다. 이렇게 1년 동안 계속 아침마다 고운 말을 조금씩 연습한다면 나의 언어 습관이 좋아질 것 같다는 생각이 든다.

후회해? 아니

경기 김포외국어고 서예빈

그날은 아침 햇살이 따스했던 날이었다.

새 학기. 새 사람. 새 학교. 첫 등교. 새로운 등굣길. 모든 게 새로운 날이었다.

아침 8시. 나는 항상 학교를 일찍 가는 편이었다. 그냥 학교에 일찍 가면 왠지 이유 없이 마음이 편했다. 아마 내 성격 때문일 것이다. 어렸을 때부터 뭐든지 약속을 하면 5분, 10분 미리 약속 장소에 가 있곤 했었다. 내가 다른 사람을 기다리면 기다렸지, 다른 사람이 날 기다리게 한 적은 없었다. 학교에 일찍 가면 좋은 점이 있다. 교실 문을 제일 먼저 열 수 있다는 점? 나는 그게 참 좋았다.

아침에 나 혼자 교실 문을 열면 주황빛의 햇살이 창문을 통해 비치고, 내가 창문을 열면 창문틀에 놓여 있는 우리 반 친구들의 화분 속 꽃들이 햇살을 반기듯 아침 특유의 쌀쌀한 바람과 함께 살짝 춤을 춘다. 그렇게 30분이 흐르면 아이들이 하나둘씩 들어온다. 어색한 기류가 흐른다. "안녕?" 하고 인사를 건네면 대체로 친구들은 내 인사를 받아 줬다. 그렇게 매일 우리는 친구가 되어 갔다.

그러던 어느 날, 내 인생 최대의 비극이 시작되었다. 아토피, 바로 이것 때문이다. 나에게는 아토피라는 피부병이 있다. 뭐, 피부가 너무 깨끗해서 병균이 사는 거라고 들은 적이 있다. 나 같은 경우, 여름과 겨울에 특히 심하다. 여름에는 더워서 반팔을 입느라 팔과 다리가 접히면서 맞닿는 부분에 아토피가 심했다. 땀이 나서 긁게 되는데 상처가 난 곳을 또 긁으니 상처가 덧나고, 상처가 덧난 곳을 또 긁으니 진물이 나서 심해질 수밖에. 겨울에는 잘 때 특히 심했다. 어렸을 때 내복을 입고 자면 그렇게나 긁곤 했다. 보일러 때문에 잘 때 너무 더워 땀이 나면 긁은 것이다. 그래서 팔 접히는 부분과 다리 접히는 부분에 난 상처가 아직까지도 남아 있다.

2학년 초여름, 내가 전학 온 지 얼마 되지 않았을 때 일이다. 날이 더워지기 시작해서 반팔과 반바지를 입고 학교에 등교했다. 그런데 친구들이 쉬는 시간에 나에게 와서 물어봤다. 팔이 왜 그러냐고. 또 다리 뒤는 왜 그러냐고. 그래서 나는 대답했다. 아토피 때문에 그렇다고. 간지러워서 긁었더니 상처가 났다고. 그런데 나는 솔직하게 이야기하지 말았어야 했다. 친구들이 그 뒤로 나를 이상하게 봤다. 무슨 대단히 큰 병에 걸린 사람이라도 되는 듯이, 동물원 우리에 갇혀 사는 원숭이 보듯 내 상처를 보며 수군수군거렸다. 학교에서 아토피를 가지고 있는 학생이 나 혼자였나 보다. 나는 친구와 단둘이 이야기를 나눈 것뿐인데, 어떻게 알았는지 옆 반에 잘 알지도 못하는 아이들까지 와서 구경하고 갔다. 기분이 매우 나빴다.

그런데 다음 날, 우리 반에서 인기가 많았던 여자애가 나한테 와서는 "너 피부병 있다며? 그거 옮는 거 아니니?"라고 하며 톡 쏘아 물었다. 그곳엔 다른 친구들도 많았다. 도도한 척하는 여자애의 말에 모두 수군거렸다. "옮는 거야?" "진짜?" "으, 싫어." 하고 말이다. 나는 충격이었다. 한 번도 아토피 때문에 친구들에게 놀림을 받아 본 적이 없었기 때문이다. 갑자기 성질이 났다. "옮기는 거 아니야. 그런 거 아니라고!" 소리 질러 버렸다. 나도 내가 왜 그랬는지 모르겠지만 그냥 화가 나서 그랬다. 그 이후로 2학년, 그 1년 동안은 친구 하나 없이 철저히 나 혼자였다. 아토피 있는 게 내 잘못인가? 태어날 때부터, 내가 기억하는 나이 때부터 나는 아토피가 있었는데. 나는 아무렇지도 않은데. 오히려 아픈 건 난데. 정말 이해할 수 없었다. 나는 그때가 내 인생에서 가장 기억하고 싶지 않은 때이다. 나는 그 여자애가 정말 미웠다. 지금도 사실 밉다.

1년 후, 내가 3학년이 되었을 때, 그 여자애가 전학을 가고 나서부터 다른 인생이 펼쳐졌다. 2학년이 되기 전까지는 내 주장도 강하게 말하고 하고 싶은 말도 많이 하면서 당당히 생활했는데 그 사건 이후로는 소극적으로 성격이 변했다. 소심해지고 친구들 앞에 나서는 것도 꺼려지고 주목받는 게 싫어졌다. 사실 지금은 많이 개선됐는데 아직까지도 그 충격이 남아 있는 것 같다. 성격만 변한 것은 아니다. 생각도 많이 변했다. 뭔가 세상을 빨리 알게 된 것 같다. 세상에 사람은 많아도 진정한 친구는 많지 않다는 것, 나쁜 기억은 쉽게 잊혀지지 않는다는 것, 그리고 생각 없이 던진 말 한마디가 다른 사람의 인생을 바꿀 수도 있다는 것. 나는 그때 이후로 친구들에게 뭐든지 잘해 줬다. 잘 웃고, 화도 잘 안 내고. 바보같이 살았다. 지금도 이런 모습으로 살고 있는 부분이 없지 않아 있는데 쉽게 행동이 바뀌지 않아 답답하다. 내가 왜 그때 바보같이 살았는지. 그냥 당당하게 살걸. 지금은 많이 후회를 하고 있다. 한 번뿐인 인생을 후회하며 살고 싶지 않지만 그때 일을 생각하면 후회할 수밖에 없게 된다.

나는 이 글을 보고 있는 사람들에게 말하고 싶다.

주변에 있는 사람들에게 말, 행동 모두 조심해 주세요. 생각 없이 내뱉은 말 한마디가 다른 사람의 인생을 바꿀 수 있습니다. 그게 좋든, 나쁘든 간에 조심해 주세요. 이 세상에 저와 같은 또 다른 피해자가 없었으면 좋겠습니다.

만약에 '그런' 사람이 될 수 있다면

경기 용인 포곡고 이에스더

나는 선생님이 되고 싶다. 아직 이 꿈이 확실하게, 온전히 나의 것이라고 말하기는 어렵지만 내가 만약 선생님이라는 이름을 얻게 된다면 나는 '그런' 선생님이 되고 싶다.

먼저 나는 '잘 가르치는' 선생님이 되고 싶다. 잘 가르치는 것이야말로 스승으로서의 가장 중요한 덕목이라고 생각한다. 중학교 3학년 때 역사 선생님은 누구보다 역사 지식이 풍부하셨다. 하지만 그것을 우리 중학교 3학년 아이들이 쉽게 이해할 수 있도록 가르쳐 주시진 않았다. 늘 선생님 본인만 이해하고 넘어가는 듯한 수업은 나를 비롯한 우리 모두에게서 역사 수업에 대한 흥미를 떨어뜨렸다. 그래서였을까? 그 선생님이 가르치는 반 아이들은 대부분 역사 성적이 낮은 편이었다. 물론 아이들의 성적이 무조건 담당 교과 선생님의 역량에 따라 좌우되는 것은 아니지만 나는 선생님의 잘 가르치는 기술이 얼마나 중요한 것인지 알게 되었다. 잘 가르친다는 것은 단지 가지고 있는 지식을 말하기만 하는 것은 아니다. 자신의 학생들이 그 수업 내용을 이해하고, 그 수업에 대해서 흥미를 느낄 수 있도록 하는 것이다. 나는 내가 가르치는 교실이 마치 내가 겪었던 중 3 때의 역사 수업처럼 되지 않길 바란다. 지루하고도 긴, 그러나 버텨야 하는 수업은 고문이나 마찬가지니까.

그리고 나는 '잘 케어하는' 선생님이 되고 싶다. 가까운 사람들은 내게 말했다. "너는 착하지만 잘 휘둘리는구나, 너는 상냥하지만 엄하지 못하구나." 물론 선생님은 상냥한 이미지로 착할 필요도 있다. 학생들도 무섭고 깐깐한 선생님보다는 착하고 순한 인상의 선생님을 더욱 좋아한다. 하지만 때론 카리스마 있게 엄한 모습을 보여야 아이들의 옳지 못한 점을 바로잡고, 같은 실수를 반복하지 않게끔 쐐기를 박을 수도 있는 것이다. 나는 선생님이 천방지축 사리분별 못하고 마치 망아지처럼 이곳저곳 튀는 학생들을 잘 돌보지는 못하고, 국수 장인이 국수 뽑아내듯 가르치기만 하는 단편적인 역할만 하는 것이 싫다. 내가 가르치는 아이들이, 나의 학생들이, 내가 돌봄으로써 이 사회의 건실한 일꾼이 되고 빛과 소금 역할을 할 수 있었으면 좋겠다.

나는 '모두를 사랑하는' 선생님이 되고 싶다. 중학교 3학년 때 나의 담임 선생님은 내가 여태 만나 왔던 그 어떤 선생님보다도 아이들을 차별적으로 사랑하셨넌 게 눈에 보였넌 선생님이다.

당시 나는 성적도 어중간하고 크게 눈에 띄는 성격도 아닌 그저 평범한 학생에 속했었다. 비록 내가 선생님에게 먼저 다가간 적은 없었지만 그럼에도 나는 전교 1등을 도맡아 하던 내 친구만 찾던 담임 선생님이 내심 서운했던 적이 한두 번이 아니다. 선생님의 차별적인 사랑은 딱히 선생님에게 바라는 것 없는 학생들에게조차 상처가 된다. 물론 선생님이 완벽한 신은 아닌지라 스물다섯 내지 서른 명의 아이들을 똑같이 대한다는 것은 무척 힘든 일일 것이다. 개중엔 인간적으로 마음에 들지 않는 아이도 있을 것이고, 그 누구보다 사랑스러운 아이도 있을 것이다. 그럼에도 선생님이라는 명예를 얻고자 한다면 모두를 똑같이 사랑하려는 마음가짐을 가지고 있어야 한다. 차별하지 말 것을 가르치는 선생님이 차별을 행한다면 그 선생님이 어떤 말을 해도 믿을 수 없게 될 것이다. 학교는 사회의 축소판이라 하였다. 나는 사회로 나가기 전 학교에 머무는 아이들이 교실에서만큼은 행복했으면 좋겠다. 그래서 나는 모두를 사랑하는 선생님이 되고 싶다.

마지막으로 나는 아이들이 가진 '꿈을 이룰 수 있도록 도와주는' 선생님이 되고 싶다. 이것은 내가 가장 원하는 꿈이기도 하고 내 최종 목표이기도 하다. 과학자, 우주인, 피아니스트 등의 다양한 직업을 꿈꾸는 아이들도 조금만 자라면 직업의 안정성을 쫓아간다. 나는 그 사실이 늘 안타까웠다. 아이들이 단순히 안정성

만을 쫓는 미래를 꿈꾸게 하는 것이 아니라 정말 자신이 원하고 적성에 맞는 꿈을 이룰 수 있도록 도와주고 싶다. 미래에 내가 선생님이 되어 교단에 선다면 나는 아이들에게 선생님이기 이전에 '꿈을 이룬 선배'로서 아이들에게 원하는 것을 이룰 수 있다는 용기를 줄 것이다. 나는 교과서에 적힌 글자만 가르치는 것이 아니라 아이들이 사회에 나가 스스로 길을 헤쳐 나갈 수 있도록 등불 역할을 하고 싶다.

사실 확연히 선생님의 꿈을 가진 듯 거창하게 말하긴 했지만 정작 나는 아직 내 꿈에 자신이 없다. 내가 선생님이 되기 전에, 나에게 선생님인 분이 먼저 내 길을 찾을 수 있도록 도와주셨으면 하는 것이 지금 나에게 있어 가장 가까운 꿈이자 바람이다. 비록 내가 선생님이 아닌 다른 이름을 가진다 하여도 나는 위와 같은 수식어를 붙이기에 당당한 '그런' 사람이 되고 싶다.

자세히 보아야 예쁘다.
전라, 너도 그렇다!

경남 양산 효암고 강윤희

여행을 떠나기 전

우리 효암고등학교는 여느 학교들과 다르게 수학여행을 반별로 떠나고 수학여행 일정과 계획 모두를 학생들의 의견에 따라 정한다. 그게 가능한 것은 '수학여행 준비 위원회'라는 이름의 학생 위원회가 반별로 있기 때문이다. 2월 12일, 개학도 하기 전 수학여행 준비 위원회가 구성되었다. 4월에 여행을 떠나기 위해서는 학생들이 직접 조사하고 계획도 짜야 하는데, 시간이 많이 걸리기 때문이다. 수학여행 준비 위원회는 크게 프로그램, 일정, 자료집 담당으로 나뉜다. 나는 그중에서 자료집을 담당하게 되었다. 자료집이란 여행 일정부터 장소에 대한 구체적인 설명까지 덧붙여 놓은 책으로, 여행 책자와 같은 역할을 한다. 나는 친구들의 알찬 여행을 책임지고자 자료집을 만들기로 했다.

수학여행 준비 위원회 활동의 시작은 어디로 떠날 것인가를 정하는 것이었다. 친구들과 머리를 맞대고 고심한 끝에 정한 여행지는 전라도 지역이었다. 전라도 지역에서 우리 민족이 겪어온 아픔의 역사와 우리가 나아가야 할 길을 엿볼 수 있다고 생각했기 때문이다. 이렇게 여행지를 정하고 각자 분담한 역할에 맞게 분업을 시작했다.

친구들의 알찬 여행을 책임진다는 사명감 아래 나는 자료집 제작에 신경을 곤두세웠다. 자료집에 방문지의 역사를 담으면서 '과연 반 친구들이 이렇게 긴 글을 다 읽을까?' 하는 고민에 빠졌다. '수학여행의 참의미는 앉아서 책으로만 하던 공부에서 벗어나 직접 보고 듣고 느끼는 배움인데, 지금 내가 만들고 있는 자료집은 수학여행에 걸맞은 것일까?' 나는 길었던 글의 양을 줄이고 대신에 시각 자료를 넣어 그 부족함을 채웠다. 특히, 내가 자료집을 만들면서 정성을 들인 장소가 있다. 바로 광주와 군산인데, 이 두 곳은 민족의 한(恨)이 서린 곳이기 때문이다. 나는 친구들에게 우리 민족의 한의 역사를 딱딱하지 않고 생생하게 전달하고 싶었다. 그러기 위해서는 나 자신부터 광주와 군산에 대해 자세히 알고 있어야 했다. 나는 자연스레 책과 영화를 접하게 되었고, 그 중에서 친구들에게 보다 생생하게 전달할 수 있을 것 같은 영화를 자료집에 실었다.

자료집 제작을 마치니 수학여행이 일주일도 남지 않았다. 수학여행에서 그 무엇보다 중요한 것은 안전이다. 그래서 우리는 떠나기 전에, 모두 효암헌(강당)에 모여 안전 교육을 수료했다. 안전 교육이 끝난 뒤 이어진 교장 선생님의 말씀에서 혹시나 하는 안전사고에 대한 걱정이 묻어났다. 걱정이 가득한 선생님들의 얼굴과는 달리 친구들의 얼굴에는 수학여행의 설렘이 웃음으로 번져 있었다. 우리는 이렇게 인간세(人間世)를 찾아 떠났다.

여행을 떠나요, 즐거운 마음으로!

첫째 날(4월 5일) – 여순의 향기에 취해

우리는 양산에서 가장 가까운 여수를 우리 여행의 '일 번지'로 정했다. 3시간 동안 차로 이동한 후 내린 곳은 여수 진남관이었다. 여수 진남관은 임진왜란 때 이순신 장군이 머문 곳으로 우리나라 최대 크기의 목조 건축물이다. 망해루를 지나 계단을 오르면 위엄 있게 서 있는 진남관이 보인다. 일제 강점기에 진남관은 학교로 이용되었는데, 당시 학교에서는 조선어 사용을 금지하고 일본어를 사용하도록 했다고 한다. 진남관은 임진왜란 때 이순신 장군께서 왜구를 진압하기 위한 작전을 짜던 곳인데, 왠지 씁쓸한 마음이 들었다.

씁쓸한 기분을 간직한 채 다음 일정인 여수 해양 레일 바이크를 타러 이동하였다. 이동하는 중 차창 너머로 여순 사건의 피해자분들의 묘지가 보였다. 여행을 떠나기 전, 한국사 시간에 여순 사건에 대해 배운 후라서 반 친구들과 함께 공감할 수 있었다. 창 너머를 바라보며 묵념하는 시간을 가졌다.

여수 해양 레일 바이크는 해안 철길 위에 설치되어 전 구간이 해안가 코스라 여수 바다의 정취를 물씬 느낄 수 있었다. 버스커 버스커는 노래 가사에서 여수 밤바다에 부는 바람에는 알 수 없 는 향기가 있다고 했다. 우린 아쉽게도 여수 밤바다의 향기를 맡 아 보지는 못 했지만, 알 수 없는 향기는 낙원으로부터 온 것이리 라. 레일 바이크를 타며 맞는 바람과 바다 향기는 지상의 낙원이 따로 없을 만큼 그 자체로 힐링이 되었다.

다음은 1일 차에서 가장 기다렸던 일정이다. 순천 드라마 세트 장. 장소도 장소지만 여기서 친구들이 계획한 '런닝맨'을 하기 때 문이다. 런닝맨을 하기 전, 잠깐의 자유 시간이 있었다. 그 시간 동안 나는 시간 이탈자가 되어 순천을 만끽했다. 다양한 세트장 중에서 버스 정류장이 기억에 많이 남았다. 그 까닭은, 첫째는 버 스 정류장에서 찍은 사진이 잘 나왔기 때문이고, 둘째는 버스 정 류장이 당시 만남의 장소로 사랑촌 역할을 했을 것 같기 때문이 다. 여기서 나의 시상이 떠올랐다.

버스 정류장

널 기다린다.
지쳐 발걸음을 돌릴 즈음,
저기서 희미한 불빛으로
거리를 비추며 나에게로 온다.

그 잠깐의 만남을 위해
나는 기약 없는 기다림을 행한다.
오직 너와의 만남을 위해.

이젠, 기다려도 오지 않는
그때의 너를 기다린다.
그때 그곳에서.

술래에게 쫓기면서 느끼는 심장이 터질 것 같은 쫄깃쫄깃한 긴
장감은 직접 겪어보지 않으면 모른다. 정말이지 황홀하다. 마치
내가 유재석이 된 기분이라고 할까. 넘치는 의욕에 얼마나 뛰어다
녔는지 이날 다리가 붓고, 한 걸음 한 걸음 내딛을 때마다 발바닥

부터 종아리까지 욱신욱신했다. 하지만 의욕만 넘쳤는지 나는 얼마 가지 못해 탈락했다. 고등학교에 올라와서는 하루 종일 의자에 앉아 공부하느라 맘껏 뛰어 보지 못했다. 그런 내게 런닝맨은 물만난 물고기의 물이었다. 바람을 가르며 뛸 때의 쾌감을 잊지 못하리라.

꼬르륵꼬르륵 알람이 울렸다. 옷이 땀에 젖을 정도였으니 배고픈 건 당연하다. 저녁은 조별 바비큐다. 숙소로 이동하는 길에 마트에 들러 조별로 30분간 장을 보았다. 가족 여행에서 바비큐를 해 먹더라도 맛있게 먹는 게 내 역할이었던지라, 장을 보는 내내 고기를 얼마나 사야할지, 뭘 사야 맛있을지 등 고민에 고민이 꼬리를 물었다. 그래서 조를 구성했나 보다. 사공이 많으면 배가 산으로 간다고 했지만, 오늘은 예외였다. 친구들과 함께 직접 고른 고기라서 그런지 정말 꿀맛이었다. 먹어도 먹어도 더 먹고 싶을 정도였지만 다음 프로그램이 기다리고 있기에 젓가락을 내려놔야 했다.

식사 후, 한 방에 모여 친구들과 게임을 했다. 선생님 두 분도 함께해 더욱 재미났다. 한바탕 웃고 나니 이제는 무서워질 필요가 있었다. 사전에 계획한 대로 우리 반 친구들의 담력을 테스트하기 위해 서둘러 귀신 분장을 하였다. 모든 준비를 마치고 야외로 나가 자리를 잡고 숨었다. '친구들이 과연 놀랄까? 아무렇지도 않으면 어떻게 하지?' 친구들의 반응에 대한 기대와 걱정 속에 숨을 죽였다. 지금이다! "꺄아아악!" 내 역할은 친구들에게 보이지 않게 논도랑에 숨어 있다가 갑자기 나타나 소리를 지르며 친구들을 놀라게 하는 것이다. 귀신의 집에 한 번도 가 보지 못한 내가 귀신 역할을 하고 있다니 나 자신도 정말 웃겼다. 이런 나를 보고 놀라는 친구들을 보니 귀신에 소질이 있나 싶어 뿌듯했다. 귀신아, 이 세상 올 때 연락 줘.

둘째 날(4월 6일) – 인간세를 찾아 떠나는

오늘은 모두가 교복을 단정히 차려 입었다. 국립 5·18 민주 묘지에 가기 때문이다.

가기 전 담양에 들러 소쇄원, 식영정과 가사 문학관을 갔다. 이 곳들은 공통적으로 가사 문학을 느낄 수 있는 곳이다. 유교를 기반으로 한 선비 정신을 잘 느낄 수 있었다. 인위적이지 않고 자연 친화적인 선조들의 지혜에서 나 자신을 돌아보았다. 나는 여태껏 잘 닦인 도로를 보고 감탄하였고, 하늘을 뚫을 기세로 지어진 으리으리한 건물을 보고 부러워했다. 또한, 나는 촌에 산다고 부끄러워하기도 했다. 하지만 나는 여태껏 잘못 알고 있었다. 자연과 함께 살아가는 삶은 잘 닦인 도로보다 으리으리한 건물보다 더 아름답고 멋있었다. 우리 선조의 지혜와 아름다움에 반했다.

가사 문학관에 옮겨다 놓은 자연의 아름다움에 반한 나는 그곳에서 내 인생 사진 중 하나를 건졌다.

우리 민족의 민주화 운동의 아픔이 서려 있는 국립 5·18 민주묘지로 이동하였다. 광주는 앞서 말한 것과 같이 자료집을 만들면서 사전에 조사를 한 곳이다. 이와 관련하여 책은 『5·18 민중항쟁』과 『5·18 특파원 리포트』를 읽었고, 영화는 「화려한 휴가」를 보았다. 책을 읽으면서 이성적인 논리로 5·18을 통해 광주를 바라보았고, 영화를 보면서 그들의 삶을 보았다. 여느 시민들과 같이 평범한 일상을 살고 있던 그들을 왜 폭도라는 이름으로 무참히 짓밟았을까. 학생들이 외쳤던 '민주 회복'. 민주의 문을 들어서며 하나하나 떠올랐다. 추모탑에서 참배를 드린 뒤, 5·18 민주화 운동에 대해 설명해 주시던 해설사 선생님께서 대학생이 되면 리영희 선생님의 『대화』와 『전환 시대의 논리』를 읽어 보라고 추천해 주셨다.

나는 설명을 들으며 내가 보았던 책과 영화를 곱씹어 보았다. 한 분, 한 분의 묘지를 보며 가슴이 아팠다. 「화려한 휴가」의 영화 속 인물들이 여기에 누워 계신다고 생각하니 그냥 「화려한 휴가」가 영화 속 이야기였다면, 실제로 일어난 일이 아니었으면 싶었다. 묘비 뒤에는 가족분들이 새긴 문구들이 있었다. "어머니, 조국이 나를 부릅니다. 민주·정의·자유를 위해 앞서갑니다." 이

글귀를 읽고 한없이 죄송스러운 마음이 들었다. 목숨과 맞바꾼 민주·정의·자유를 나는 여태껏 당연히 여겼다. 세상에 당연한 것은 없다. 사소한 그 무엇도 누군가의 희생, 피와 땀이 이뤄 낸 결과이다.

계획대로라면 갯벌 체험이 다음 일정이다. 하지만 국립 5·18 민주 묘지를 나온 뒤 바람이 쌀쌀해지고 비까지 쏟아져 갯벌 체험은 취소되었다. 갯벌에서 친구들과 함께할 게임 프로그램을 짰던 나에게 갯벌 취소는 수학여행이 끝났다는 의미와 같았다. 게임 프로그램을 계획하고 준비물을 사러 이리저리 뛰어다녔던 일들이 떠올라 코끝이 찡해졌다. 하늘은 이런 나의 감정 앞에 무심했다. 더욱 거세게 비를 쏟아부었다. 진인사대천명(盡人事待天命)이라고 했거늘. 하늘의 명을 따르는 것도 인간의 도리다.

셋째 날(4월 7일) – 한 톨 한 톨 쌓아 보자, 견문을 추억을

어제의 아쉬움은 뒤로 한 채 군산으로 향했다. 바다 한가운데를 가로지른 새만금 방조제가 나왔다. 차창 너머로 바다를 바라보고 있자니, 바다가 가여웠다. 바다가 무슨 죄라고. 영문도 모른 채 이편 저편으로 나뉜 바다에 한반도가 오버랩 됐다.

그 길

돌아가자.
그 길이 아니야.
내가 알던
내가 다녔던
그 길

우리 앞을
가로막은
이 길은
어디로 통하는 것일까.

우리는 통할 수 없는 것일까.

아니야.
어제는 알 수 없는 길이
우리 앞에 놓여 있었지만

내일은
우리가 진정으로 우리가 되어
저 길을 딛고
다시 하나가 될 것이야.

군산이다. 민족의 한이 서린 군산. 해설사 선생님과 동행하며 근대 유적지를 만났다. 일본식 사찰인 동국사, 당시 일본의 주택 양식을 잘 볼 수 있는 히로스 가옥, 건축사적으로도 명성이 높은 군산 세관. 시간이 멈춘 듯 길을 조금만 걸으면 또 다른 유적지가 나왔다. 오늘 우리가 만난 유적지들이 일제 잔재 청산 운동으로 다 없어질 뻔했다고 한다. 하지만 스님과 군산 시민들이 우리가 겪은 아픔도 역사로 인정하고 잊지 말아야 한다며 반대하셨다고 한다.

아픔도 역사다. 군산은 상처를 받아들였다. 솔직하게 있는 모습 그대로 드러냈다. 아마 오늘에 이르기까지 더딘 시간을 보냈을 것이다. 하지만 군산은 해냈다. 해설사 선생님께서 들려주시는 군산의 감동적인 이야기에 큰 힘을 얻었다.

모승재가

어둠 한가운데
홀로 빛이 되어
세상을 밝히고자
달이 되신 임이여.

간 봄을 그리워함에
모든 것이 서러워 시름하시는구려.
달이 되신 임이여,
한밤중 달을 올려다봅니다.

다음 생에는
어둠이 되소서.

　우리는 군산 근대 역사박물관으로 이동했고 자유 시간을 가졌
다. 여행을 떠나기 전 선생님께서 군산의 스탬프 투어를 완수하
면 쌀을 준다고 말씀해 주셨다. 잊지 않고 있던 나는 곧바로 스탬
프 투어에 나섰다. 스탬프를 다 찍으면 받게 될 쌀을 생각하며 열

심히 스탬프만 찍고 다녔다. 처음엔 그랬다. 오직 내 눈엔 스탬프 밖에 보이지 않았다.

하지만 채만식의 『탁류』 속 등장인물이 동상으로 만들어져 있는 것을 보고 잠시 잊고 있던 소설 『탁류』가 떠올랐다. 스탬프 투어에 포함되어 있는 조선은행 군산 지점은 『탁류』 속 '고태수'라는 인물이 다니던 은행으로 묘사된 곳이다. 소설을 읽고 와서 보니 재미가 쏠쏠했다. 소설 속 배경이 내 눈 앞에 펼쳐졌다. 눈과 발은 재빨리 움직이고 있었지만 내 머리 속은 『탁류』로 가득 찼다. 가엾은 계봉이. 비극이 일어나기 전, 풋풋했던 승재와의 '썸'. 승재와 계봉이가 이어졌더라면. 어제의 기억이 다시 떠올랐다. 진인사대천명.

다음 장소는 어쩌면 우리 반 여자 친구들과 내가 제일 손꼽아 기다린 곳일 것이다. 전주 한옥마을. 이곳은 한복을 대여해 입고 친구들과 한옥마을을 거닐며 사진을 찍고 추억도 남기기에 안성맞춤인 곳이기 때문이다. 목적에 맞게 전주 한옥마을에서는 다른 건 생각지 않고 무조건 예쁜 사진 찍기에 몰두했다. 목표를 달성했다. 손꼽히는 인생 사진이 다 여기, 전주 한옥마을에서 나왔다.

너무 사진 찍기에만 몰두했던 탓인지 그 넓은 전주 한옥마을에서 내가 다닌 거리는 세 골목밖에 되지 않는다. 문화재를 놓친 게 아쉽지만 그래도 예쁜 사진을 많이 남겨서 후회되진 않는다.

넷째 날(4월 8일) – 너와 내가 함께한다면

마지막 밤을 활활 불태운다고 잠을 설쳤다. 일정 짜는 친구들이 이 점을 미리 생각했었나 보다. 구례에 위치한 생협, 자연 드림 파크가 수학여행의 마지막 일정이다. 설레는 마음으로 떠나온 지가 어제 같은데 벌써 집으로 돌아간다니, 많이 아쉬웠다. 그래도 남는 건 사진밖에 없다는 말처럼 300장이 넘는 사진을 찍었다.

자연 드림 파크는 공장이 아니라 말 그대로 공원이었다. 이곳은 농촌에 활력을 불어넣기 위해 만들어졌다고 설명해 주셨다. 농촌에 지속적인 활력을 주기 위해선 사람의 왕래가 끊이지 않아야 하는데, 가장 효과적인 방법이 관광지로 각광받아 관광객을 불러들이는 것이다. 잘 꾸며진 정원과 우아한 건물들뿐만 아니라 우리나라에 존재하는 몇 안 되는 '생협'이라는 점이 관광객을 끌어들인다. 생협이란 소비자 생활 협동조합으로, 소비자가 낸 출자금을 모아 믿을 수 있는 상품을 만드는 것이 그 목적이다. 소비자의 영향력이 막대하다는 설명에 맞게 공장은 투명하게 공개되었다. 언제든 소비자가 와서 볼 수 있게 말이다. 내가 자주 먹고 사랑하는 라면이 제조되는 과정을 처음으로 보았다. 아마 생협이 아니면 그 어디에서도 보지 못했을 것이다. 상품들의 제조 과정을 보면서, 나는 여태껏 내가 먹는 것에 대해 너무 관심이 없었고 무지했다는 것을 깨달았다. 무지. 무지는 무관심에서 비롯된다. 나는 무엇을 알까? 내가 접하는 음식, 상품 그리고 사람까지. 평소 무관심했던 나의 태도를 되돌아봤다. "무슨 음식 좋아해요?" 누군가가 나에게 물어왔을 때, 항상 한참을 고민했다. 내가 너무나 많은 음식을 좋아해서 그 우열을 가리기 힘들어서일 수도 있지만, 나는 나 자신에 대해 관심이 없었다.

너 나 알아?

거울에 비친
나는 나를
얼마나 잘 알까.

사진에 찍힌
나는 나를
얼마나 잘 알까.

차창에 비친
나는 나를
얼마나 잘 알까.

나는 나를
얼마나 잘 알까.

    공장 견학을 마치고 정원각 경영 이사님의 강의를 들었다. 협동조합의 유래와 종류, 선진국의 협동조합 실태, 그리고 일반 기업과 협동조합의 차이점을 설명해 주셨다. 나는 그중에서 협동조합의 강점이 가장 기억에 남는다. 남을 죽이는 경쟁이 아니라 더 좋은 것을 향한 건강한 경쟁. '경쟁'이라는 단어에 대해 평소 내가 가지고 있던 부정적인 생각들이 한 번에 사르르 녹아버렸다. 건강한 경쟁. 어떻게 그게 가능하냐고 나 스스로에게 반문했다. 말만 그럴싸한 것이라고, 불가능하다고 판단을 내렸다. 하지만 선진국에서는 건강한 경쟁이 현실이었다. 일반 기업이 아니라 생협이 경제의 주도권을 잡고 있는 선진국에서는 혼자 살아남기 위해 '싸우는 것'이 아니라 소비자들에게 한 걸음 더 나아간 품질을 선보이기 위해 서로 '노력'한다. 그런 건강한 경쟁. 경쟁이라고 표현하고 싶지 않다. 우리나라에서 '경쟁'이라는 단어는 '건강한'의 수식을 받더라도 내게 부정적으로 다가온다. 경쟁 때문에 피곤한 삶을 살고 있기 때문이다. 그렇다고 경쟁이 불필요하다고 말하는 것은 아니다. 경쟁은 필요하다. 단지 우리는 유해한 경쟁 속에서 서로를 물어뜯고 싸우는 현실을 변화시킬 필요가 있다는 것이다. 그 답이 경제에서는 협동조합이 될 수 있다. 그렇다면 우리 학생들이 속한 입시 경쟁은 어떻게 변화시킬 수 있을까? 학생들이 출자금을 모아 대학을 만들면 되는 것일까? 숙제가 하나 생겼다. 아마 평생에 걸쳐 풀어야 할 숙제일 것 같지만 말이다.

생협은 생소했지만 이상적이었다. 여기서 궁금증이 하나 생겼다. 이상적인 생협에서는 근로자들의 삶까지 책임질까? 수학여행을 떠나기 전, 인상 깊게 읽었던 책 『이런 시급 6030원』이 떠올랐다. 최저 임금은 얼마일까? 해설가 선생님께 질문을 드렸다. 생협을 바라보는 나의 기대가 환상에 그치지 않았으면 좋겠다고 마음을 졸이며 답변을 들었다. 다행히 환상이 아니었다. 생협에서는 최저 임금을 결정하는 협상에서 논의된 기획안들 중 생협의 성격과 맞는 안을 적용하고 있었으며, 시급은 최저 시급 6,030원(2016년 기준)보다 1,270원 많은 7,300원이었다. 내가 아는 우리나라의 현실과는 달라 뜬구름같이 느껴졌던 생협이 서서히 윤곽을 드러냈다. 지역의 일자리를 만들면서, 유통 거리와 시간을 줄여 환경까지 생각하는 생협이 한반도를 '헬조선'으로부터 벗어나게 해 줄 수 있다고 생각하니 위안이 되었다. 짧았지만 강렬했던 생협과의 만남은 경쟁 사회 속에 속한 내가 잠시나마 '경쟁'을 잊고 모두가 함께하는 세상을 꿈꿀 수 있게 해 주었다. 기분 좋았다. 만남의 설렘.

'만남'으로부터 설레고 있었지만, 나에게는 이제 수학여행의 끝이라는 이별이 기다리고 있었다. 구례와 인사를 나누고 버스를 타면서 나의 3박 4일간의, 인간세를 찾아 떠난 여행이 막을 내렸다. 인간세는 정말 다양했다. 시간을 거스르기도 하고, 공간을 초월하기도 했다.

여행을 다녀와서

돌아왔다. 집으로, 일상으로. 버스에 나의 모든 것을 놓고 내렸나 보다. 입도 뻥끗할 기운이 없다. 내가 무엇을 하고 집으로 돌아왔는지, 왜 교복이 아닌 사복인지, 왜 야간 자율 학습을 마친 10시가 아닌 낮 5시에 집으로 돌아온 것인지, 기억이 희미해진다. 쓰러지듯 잠에 빠졌다.

다음 날 아침 침대에 누워 눈만 뜬 채로 천장만 뚫어져라 쳐다본다. 어제는 금요일, 오늘은 토요일. 어제는, 아, 수학여행. 그래, 수학여행 갔다 왔지. 인간세를 찾아 떠났었지. 어제만 해도 현재 진행형이었던 나의 수학여행이 이제는 모두 과거가 되었다는 사실이 떠올라 이불을 덮어쓰고 다시 잠을 청한다. 수학여행의 끝을 받아들이기가 힘들었다. 아니야, 힘들지만 받아들여야 해. 군산이 인내의 시간을 견디며 아픔을 받아들였던 것처럼. 눈을 감으니 3박 4일간의 추억이 새록새록 떠올랐다. 2월부터 공들이며 준비했는데 금방 지나가 버렸네. 수학여행을 가는 게 아니라, 일하러 간다며 투정을 부리던 한 친구의 우스갯소리. 수학여행을 기획하는 입장이 되어 보니 마냥 즐길 수만은 없었지. 하지만 그래서 더욱 애착이 가는 여행이다. 남이 짜 놓은 일정대로 끌려다니는 것이 아니라 내가, 우리가 원하는 곳으로 떠나니, 이것이야말로 진정한 여행이 아닐까?

나는 지금 이렇게 누워 여행을 회상하고 있지만, 여행은 내 삶을 되돌아보게 했다. 현실에 안주하며 살았던 나의 모습. 미래를 말하며 과거는 쉽게 묻어 버렸던 나의 모습. 내가 자유를 누릴 수 있는 이유도 모른 채 자유를 너무나 당연시 여기던 나의 모습. 역사를 너무 쉽게 봤던 나의 모습. 이제는 달라져야겠다.

내가 직접 본 우리 민족의 역사를 잊지 않고 가슴에 담아 두자. 나는 우리 민족의 역사가 아픔의 역사라고 한들 외면하지 않을 것이며, 부끄러워하지 않을 것이다. 꼭 기억할 것이다. 그리고 후손을 위해 목숨까지 바치신 분들의 희생을 헛되이 하지 않기 위해, 나는 오늘도 갈고 닦을 것이다.

너에게 주는 상

경기 남양주 진건중 2학년 2반

한국인의 밥상

원민재

위 학생은 다른 학생들에 비해 월등하게 음식에 관심이 많고 지식도 풍부하며 무엇보다 매 급식을 '음~ 음~' 하는 감탄사를 연발하며 즐기기에 이 상장을 수여함.

진건중학교 2학년 2반 일동

셀고상

정환희

위 학생은 얼굴은 잘생겼으나 셀카를 찍을 때 포즈, 표정이 본 얼굴을 다 담아내지 못하므로 앞으로 셀신인 은혜에게 좀 배우기를 바라는 마음으로 이 상장을 수여함.

진건중학교 2학년 2반 일동

호기심 자극상

강지훈

위 학생은 수업 시간에 아무리 깨워도 절대로 일어나지 않아 지난밤에 무엇을 했는지 궁금증을 유발하므로 이 상장을 수여함.

진건중학교 2학년 2반 일동

허전상

박형준

위 학생은 재치 있는 말투로 학급의 분위기 메이커 역할을 톡톡히 하였으나 현재 전학을 가서 빈자리가 크게 느껴지므로 이 상장을 수여함.

진건중학교 2학년 2반 일동

도라에몽상

이민주

위 학생은 평소 '삥꾸삥꾸한' 가방에 없는 게 없을 정도로 다양한 물건을 넣고 다녀 도라에몽급으로 친구들에게 도움을 주므로 이 상장을 수여함.

진건중학교 2학년 2반 일동

엉뚱엉뚱 생뚱망뚱
시간표 만들기

경기 용인 포곡고 김민주

안녕하십니까? 포곡고등학교 김민주 기자입니다. 우리는 학교를 다니면서 항상 어른들이 짜 주는 시간표에 불만도 많았고 내가 원하는 과목들을 공부할 수 없어서 아쉬웠던 점도 있었습니다. 이번에 우리 반 아이들이 직접 시간표를 짜 보는 시간을 가져 보고, 인터뷰를 해 보았습니다. 자, 함께 보시죠!

	월	화	수	목	금
1		미술	기술	한국사	영어
2	X		가정	국어	한국사
3		수학	영어	운동	국어
4			국어		과학

김구선　월요일은 월요병에 걸린 사람들이 많으니까 월요일까지 학교를 쉬고 화요일부터 일과를 시작합니다. 4교시 이후에는 점심을 먹고 조는 학생들이 많으므로, 4교시까지만 하고 싶습니다.

	월	화	수	목	금
1	국어	사회	한국사		
2	자율	자율	자율	자율	미술
3					

김예지　공부를 하고 싶은 마음은 별로 없지만 내가 좋아하는 과목인 국어, 사회, 한국사, 미술은 계속해서 배우고 싶어서 시간표에 넣었어요. 저는 집에 빨리 가고 싶어서 3교시만 수업을 하도록 적었습니다.

	월	화	수	목	금
1	모자란 잠 보충				
2	음악	자연	한국사	영화	한국사
3	한국사	한국사	영화	한국사	음악

양희주 부족한 잠을 보충하면서 하루를 시작했으면 좋겠습니다. 영화를 보며 문화생활을 하고, 마음이 편해지는 음악을 들으며 산책도 하고 힐링도 하면서 남덕우 선생님의 수업을 항상 듣고 싶습니다. 마지막으로 수업은 짧게~!

	월	화	수	목	금
1					
2					
3			자유 시간		
4					
5					

김재윤 사람은 무언가에 얽매이지 않고 자유로워야 한다고 생각합니다. 특히 학생들은 더욱 자유롭게 많은 활동을 하면서 자신의 진로를 찾아야 합니다. 또한 주입식 교육을 하면 안 된다고 생각합니다. 내 생각을 말하여야 하는 상황에서도 답을 찾는 것이 너무 안타깝습니다.

	월	화	수	목	금
1					
2			미술		
3	체육	체육		체육	창체
4			체육		
5					
6	영어	사회	한국사	과학	
7	수학	국어	윤사	기술	×

서용환 저는 체육을 굉장히 좋아합니다. 하루 종일 체육을 하더라도 지치지 않고 할 수 있습니다. 하지만 학생이기 때문에 공부도 열심히 해야 한다는 생각에 다른 과목도 함께 넣었습니다.

2016학년도 13월 고 2 전국연합학력평가 문제지

208 영역

서울 해성여고 노혜승, 손현지

1. 다음 사진에 해당하는 인물로 옳은 것은?

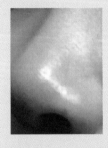

① 김자영
② 홍유림
③ 김나예
④ 이나영
⑤ 석주원

2. 2학년 8반에서 성이 '김' 씨인 학생의 수를 a, 성이 '이' 씨인 학생의 수를 b, 성이 '홍' 씨인 학생의 수를 c라고 할 때, a+b+c의 값은?

① 10   ② 11   ③ 12   ④ 13   ⑤ 14

3. 다음 중, 최근섭 선생님이 보낸 문자의 내용으로 적절하지 <u>않은</u> 것은? [3점]

① 경쟁에는 좋은 경쟁과 나쁜 경쟁이 있다.
② 하고 싶은 거 마음껏 해. 굶지 않아.
③ 점수에 상관없이 빛이 난다. 부모님의 사랑스런 딸이니까.
④ 모든 꿈은 이루어진다. 우리가 그 꿈을 향한 용기만 가지고 있다면.
⑤ 계획 없는 목표는 한낱 꿈에 불과하다.

4. 노혜승 학생이 '신생아'라는 별명을 가지게 된 이유로 가장 적절한 것은? [3점]

① 귀엽게 생겨서
② 눈을 제대로 뜨지 못해서
③ 말을 제대로 하지 못해서
④ 이목구비가 덜 형성되어서
⑤ 피부가 빨갛고 쭈글쭈글해서

5. 손현지 학생에 대한 사실로 가장 적절한 것은? [3점]

① 손현지는 쌍수를 했다.
② 손현지는 흰 피부를 가졌다.
③ 손현지는 귤을 좋아한다.
④ 손현지는 명절에만 씻는다.
⑤ 손현지의 신발 크기는 225mm이다.

6. 다음 〈보기〉에서 최근섭 선생님의 명대사로 옳은 것을 모두 골라 묶은 것은?

┌─〈보기〉─────────────────────┐
│ ㄱ. 심각한 얘기는 여기까지.   │
│ ㄴ. 언제 사람 될래?   │
│ ㄷ. 너네 이런 거 모르면 안 되는데~? │
│ ㄹ. 미쳤나 봐요!   │
│ ㅁ. 넘나 쉬운 것!   │
└────────────────────────────┘

① ㄱ, ㄴ
② ㄱ, ㄴ, ㄹ
③ ㄱ, ㄹ, ㅁ
④ ㄱ, ㄴ, ㄷ, ㄹ
⑤ ㄱ, ㄴ, ㄹ, ㅁ

소녀의 연약한 감정을
내가 따뜻하게 보듬을 수 있다면 좋을 텐데.

−전북 전주 전라고 이기원, 「하얀 동백」에서

4

그녀는 하얀 동백이
되었네

사회 · 비평

별에 잠기다 충남삼성고 김경훈

고갤 들어 별을 본다
눈을 감고 별을 본다

먼 옛날
암울한 일제 속에서
윤동주가 헤아리던,

더 먼 옛날
정신 병원 그 속에서
반 고흐가 그려 내던,

그 별은,
그 빛은,
내 별과 같았을까

먼 훗날
지치고 힘든 사회 속에서
어쩌다 한번 올려다본,

더 먼 훗날
늙고 병든 껍데기 속에서
눈감기 전에 들어오는,

그 별은,
그 빛은,
지금의 별과 같을까

고갤 들어 별에 잠긴다
눈을 감고 별에 잠긴다

번데기

충남 천안 복자여고 오예린

번데기는 몰랐네
시장통에서 거뭇거뭇 쪼글쪼글한 모습으로
종이컵에 담겨 이쑤시개에 꽂힐 줄은

번데기는 몰랐네
채 벗어나 보지도 못한 흰 고치가
명주실 되어 있을 줄은

번데기는 몰랐네
애벌레와 성충 나방과 함께
어느 이름 모를 곤충 박사의 연구실에 박제될 줄은

번데기는 몰랐네
기껏 고치를 뚫고 나왔건만 한여름 밤의 꿈처럼
전광판 그 열기로 타닥타닥 타 죽어 버릴 줄은

번데기는 몰랐네

겨울 지나 봄이 오면
멋들어진 나방 되어
신나게 짝짓기하며 다닐 줄 알았는데

번데기는 알았네

이 작고 연약한 몸이 마주하기엔
고치 밖 겨울이 너무나도 춥다는 것을
고치 밖 세상이 너무나도 차갑다는 것을

하얀 동백
-영화 「귀향」을 보고

전북 전주 전라고 이가원

아! 동백은 떨어지고
소녀들의 웃음도 떨어졌다

썩어 버린 짐승의 그림자가
무자비한 파동을 만들어 내면
검은 꽃물은 힘없이 스러지고

연약한 감정들이 고통스럽게 뒤틀려
소녀들의 투명한 분노가 폭포처럼
쏟아져 내린다

폭포는 핏빛 어린 붉은 바다가 되어
꽃들의 뿌리에 남몰래 스며들어
소녀들의 소리 없는 절규를

고통스럽게 삼킨다

아아! 내가 소녀들의 바다에 잠겨
그녀들을 만날 수 있다면

그 연약한 감정을
따뜻하게 보듬을 수 있다면

고향 내음 가득한 곳에 그녀들을
따뜻하게 심어 줄 수 있을 텐데

아! 어느새 그녀는 하얀 동백이 되었네

종이배 강원 평창고 전승혁

빳빳했던 종이배
욕심에 젖어 찢어져 가라앉네.
지켜보던 사람들 가슴마저 찢어진다.

차가웠던 봄 잊지 않으려
마음 깊이 리본, 묶는다.

쪽방촌을
다녀와서

서울 월촌중 김윤서, 나현지, 윤장원, 이선경, 최유나

높은 빌딩들만 있는 줄 알았던 영등포에 '쪽방촌'이라는 곳이 있다는 것을 처음 알고 놀랐다. 한 발짝 들어가면 쪽방촌이, 한 발짝만 나오면 백화점들과 높은 집들이 있었는데 같은 영등포임에도 환경이 너무 달랐다. 쪽방촌에서 제일 먼저 간 곳이 광야 교회였다. 쪽방촌에 관한 영상을 보여 주시고 간단한 소개를 하셨다. 광야 교회가 쪽방촌 주민들을 위해 얼마나 노력했는지 잘 알 수 있었다. 나는 의무적으로 봉사 활동을 갔지만, 교회분들처럼 자발적으로 봉사 활동을 하는 분들을 보며 멋지다고 느꼈다. 2학년 선배들은 선물을 전달하고 1학년들은 청소를 했다. 열악한 환경인 쪽방촌을 청소하는 것이 처음에는 낯설었다. 쪽방촌과 같은 곳에는 한 번도 가 본 적이 없었기 때문이다. 시간이 지나서도 낯설기는 마찬가지였지만 그래도 내가 봉사를 했다는 것에 뿌듯함을 느꼈다.

-김윤서

2016년 5월, 학교에서 영등포 쪽방촌에 봉사를 하러 갔다. 가기 전에 편지도 쓰고, 모금을 해 선물도 사는 등 준비를 많이 했다.

　전학 오기 전 영등포에서 학교를 다녔고 지금도 일주일에 한 번씩은 꼭 가는 곳이기에 머릿속에 어떤 모습일 것이라고 상상은 하고 있었지만 실제로 가 보니 내 예상과는 너무 달랐다. 몇 발자국만 나오면 내가 알던 영등포 번화가였다. 그러나 쪽방촌은 길거리가 더러울 뿐만 아니라 거기서 생활하시는 분들이 밖으로 나와 술을 드시고, 담배를 피셨다. 그것을 보고 나는 쪽방촌에서 생활하시는 분들은 우리의 손길이 필요하다는 생각이 들었다.

　그곳에서 술을 드시던 분들 중 언행이 거친 분들이 계셨는데, 나쁘게 생각되지 않았다. 집을 나와 혼자 살면서 받은 큰 상처로 언행이 거칠게 변하셨다고 생각한다.

　비록 직접 선물을 전해 드리며 말동무가 되어드리지 못했고, 우리가 한 봉사가 그분들의 생활에 큰 도움이 되지는 못하겠지만, 조금이라도 깨끗해진 거리를 보며 좋아해 주셨으면 좋겠다.

　내가 나중에 커서 그분들을 도와드릴 능력이 된다면, 꼭 그분들을 도와 다시 사회로 돌아올 수 있도록 할 것이다. 너무 좋은 경험이었고, 많은 생각을 하게 해 주었다.

―나현지

나는 이번 봉사 시간에 쪽방촌을 방문하여 그곳 사람들이 불쌍하여 슬프다는 생각도 들었지만, 화나기도 하였다. 그곳 사람들은 어려운 환경에 살고 있었다. 거의 다 나이 드신 분이시지만, 가끔 보면 젊은 사람도 보였다. 나는 그렇게 어렵게 지내는 모습을 보고 '이렇게 더운데 냉방 시설이 없는 집들이 있다니…….'라는 생각이 들었다.

　청소를 하던 중, 우리를 지도해 주시던 분이 골목 청소를 하라고 하셨다. 나는 아주 불쾌했다. 그곳은 계속 코를 막아야 할 정도로 담배 냄새가 지독했다. 그 골목에서 주운 담배꽁초는 최소 15개는 되었다. 그리고 우리 모둠이 청소할 때, 바로 옆에서 담배를 피우고 계시던 분들이 있어 더 불쾌하였다.

　우리 모둠이 그 골목을 나와 청소하던 중, 어떤 한 할아버지가 오셔서 왜 자기에게는 우리가 준비해 간 선물을 안 주냐며 소리를 치셔서 조금 무서웠지만 지도해 주시는 분이 잘 말씀하셔서 돌아가셨다.

　나는 그분들이 참 안됐다고 생각했다. 그분들이 건강을 위해서 담배나 술을 줄이시거나 끊으시면 좋겠다.

―윤장원

영등포 쪽방촌에 봉사 활동을 갔다 왔다. '쪽방촌'이라는 이름은 많이 들어 봤지만, '영등포 쪽방촌'에 대해서는 처음 알았다. 타임스퀘어 같은 높은 건물들에서 얼마 되지 않는 거리에 그런 곳이 있다는 것을 알고 놀랐다. 가기 전엔 위험할 줄만 알았는데, 종이를 주워서라도 답장을 쓰겠다는 어르신의 말씀을 듣고 작은 감동을 받기도 했다.

쪽방촌에 갔다 와서 나는 나의 생활을 많이 반성했다. 평소에 다른 사람들을 부러워하며 살아왔었는데, 쪽방촌의 사람들을 보고 지금 내가 가진 것에 만족해야겠다는 생각이 들었다. 시간이 되면 겨울에 또 봉사를 가고 싶다.

-이선경

'영등포 쪽방촌'은 직접 보니 영상에서 봤던 쪽방촌보다 더욱 상황이 심각한 것 같아서 놀랐다. 이 복잡한 영등포 시내에 과연 이런 곳이 있을까 했지만 실제로 가보니 충격적이었다.

설명을 들을 때까지는 깔끔한 곳인 것 같았는데, 청소를 시작하며 심각성을 깨달았다. 거리마다 음식물 쓰레기, 담배꽁초, 술병 등 너무 많은 쓰레기가 뒹굴고 있었다.

날씨가 엄청 더웠는데, 길거리에서 그냥 자고 계신 분들도 있었다. 나는 그 모습이 참 안타까웠다.

엄청 큰 쓰레기봉투를 2개나 주시기에 이걸 다 채울 수 있을까 의문이 들었다. 하지만 금방 2개를 채울 수 있었다.

청소하다가 우리가 직접 포장한 선물을 들고 가시는 분을 몇 분 봤는데 그때는 정말 뿌듯했다. 비록 완전히 깔끔하게 치우지는 못했지만 조금이라도 도움이 되고, 선물도 생활에 도움이 되었으면 좋겠다. 쪽방촌 주민분들 모두 파이팅 :-)!

-최유나

유리 천장을
깨 버리는 꿈

강원 인제 신남고 고유빈

　어렸을 때 나는 외식하는 것을 그다지 좋아하지 않았다. 가족끼리 음식점에 가면 간혹 듣게 되는 말 때문에 심기가 불편해지는 경우가 종종 있었기 때문이다. 그럼에도 엄마는 하루 종일 직장 일에 시달려 힘드셨던지 우리를 데리고 자주 식당에서 저녁 한 끼를 해결하곤 하셨다. 가족끼리 음식점에 가면 종종 듣는 말이 있었다.

　"어머 딸만 셋이에요? 딸들이 정말 이쁘네요. 좋으시겠어요. 그런데 아들 하나만 더 낳지 그래요?"

　음식을 날라 주던 아주머니들이나 나이 지긋한 주인장들은 으레 이런 말들을 거리낌 없이 늘어놓았다. 그러면 우리 엄마는 꼭,

　"우리 애들 듣는 데서 그런 말은 삼가 주세요."

라며 단호히 대응하셨다.

　한쪽 구석에서 조용히 음식을 집어 먹던 나는 그 말이 귀에 거슬려 인상을 찌푸렸고 음식점을 나올 때까지 직원의 눈치를 살

펴야만 했다. 내가 무슨 잘못이라도 한 것처럼 죄책감을 느꼈던 것 같다. 그리고 곁눈질로 슬쩍슬쩍 그분들을 흘겨 주며 나름 뾰로통해진 마음을 털어 내곤 했다.

그때 내가 느꼈던 불쾌감과 죄의식 같은 것은 무엇 때문이었을까? 그건 아마도 우리 사회 깊숙이 박혀 있는 남녀 차별 의식 때문은 아니었을까.

우리 아빠는 나와 두 언니에게 한 번도 계집애나 그 어떤 다른 말로도 비하하는 발언을 한 적이 없다. 엄마 또한 외가에서 세 오빠 밑에서 막내로 귀하게 자란 덕에 딸이기 때문에 억울한 게 무엇인지 전혀 모르고 자랐다고 늘 당당하게 말씀하셨다. 그러니까 그때 내가 느꼈던 불쾌감은 적어도 우리 부모님의 자녀 교육 방식에서 비롯된 것은 아닌 것이다. 그럼에도 나는 식당에서 밥 먹는 시간 내내 몹시 불쾌하고 불편했다.

나는 어렸을 적에 명절이 다가오는 것을 별로 즐거워하지 않았다. 설이나 추석을 맞이하여 할머니 댁에 가면 꼭 기분이 나빠져서 돌아오기 마련이었기 때문이다. 딸 셋을 둔 우리 집과는 달리 큰아빠네는 할머니가 금지옥엽으로 생각하는 나보다 한 살 위의 오빠가 있었다. 우리는 식사 시간만 되면 어김없이 불쾌한 상황을 맞닥뜨려야 했다. 온 가족이 한 상에 둘러앉아 밥을 먹기 시작하면 할머니는 으레 장남인 사촌 오빠 앞에 소불고기 같은 반찬이 담긴 접시를 옮겨 놓으시며 "병인아. 이것도 좀 먹어 봐, 응?"하고 마음껏 친절을 베푸셨다. 사실 난 좀 둔해서 할머니가 사촌 오빠에게만 유독 친절을 베푸신다는 것을 미처 눈치채지 못하고 조용히 내 밥공기만 쳐다보며 밥을 먹고 있었다. 그런데 그때마다 꼭 나서서 한마디 하고야 마는 성미 까칠한 우리 작은언니.

"할머니, 저희도 소불고기 좋아해요."

그러면 할머니는 금세 얼굴을 붉히시며 들켜 버린 마음을 수습하시느라 에둘러 말씀하셨다.

"어, 그래그래. 이게 너무 멀리 놓여 있지 뭐냐……. 어미야, 불고기 한 접시 더 내와라."

평소 우리 가족끼리만 할머니 댁에 가면, 할머니는 우리 세 딸을 강아지라고 부르시며 세상에 다시 없이 귀한 손녀 대접을 극진히 하셨다. 그런데 명절에 사촌 오빠만 나타나면 믿어지지 않을 만큼 할머니의 태도가 확 변하셨던 것이다.

또 밥을 먹고 난 후에는 설거지를 하는 엄마를 도와 아빠가 주방에서 고무장갑을 끼려고 하면,

"아범아. 넌 여기 와서 과일 먹어라."

라고 말씀하시며 아빠를 옆에 잡아 두려고 하셨다. 다행히 아빠는 할머니 말씀에 고분고분하지 않고,

"애 엄마 혼지서 이거 많아서 나 못해요. 도와줘야지. 허허."

하며 개의치 않고 설거지를 다 끝내 놓고, 가족들의 주문을 받아 커피와 차까지 쟁반에 담아 내오셨다.

'아빠가 있어서 참 다행이야.'

라고 생각하면서도 그때마다 나는 속상했다. 그리고 말없이 설거지하는 엄마가 불쌍하기까지 했다. 외가에서 오빠들의 사랑을 받으며 귀하게 자라 유난히 구김살이 없는 우리 엄마. 다행히도 엄마는 아무렇지도 않게 활짝 웃으며 할머니와 가족들에게 또 친절하게 말을 건넨다.

'참, 우리 엄마 속도 없지…….'

그런데 언제부터였을까? 내 어린 시절의 불편했던 기억은 이제 가슴 한편에 씁쓸한 기억으로만 남아 있다. 최근에는 식당에서 예전과 같은 그런 말을 들어 본 적이 없다. 할머니 또한 예전처럼 장남인 사촌 오빠만 챙기는 모습은 더 이상 보이지 않는다.

몇 년의 세월이 흘렀을 뿐인데, 그동안 무엇이 변한 것일까? 나는 양성평등에 대한 우리 사회의 인식이 그만큼 개선되었기 때문이라고 생각한다. 남성과 여성이기에 앞서 모든 인간은 그 자체로 존엄하다는 사실을 많은 사람들이 공감하고 지지하고 있다고 믿는다. 나 또한 여성이라는 이유로 차별받는 것을 참을 수 없으며 어떠한 경우에도 그러한 일이 일어나서는 안 된다는 것을, 교육을 통해서 그리고 체험적으로 알게 되었다.

얼마 전 한 국제단체가 발표한 우리나라의 양성평등 지수가 OECD 28개국 중 28위로 꼴찌라는 조사 결과를 뉴스를 통해 접하고 다시 마음이 무거워졌다. 양성평등 지수는 출산율과 직결되고 여성의 사회 진출과도 밀접한 연관이 있으니, 이 조사 결과로 볼 때 우리나라는 아직도 여성의 사회 참여도가 낮고 여성이 승진하기 어려운 나라인 것이다. 이는 방탄유리보다 더 두꺼운 유리 천장이 아직도 분명히 존재한다는 증거이기도 하다.

나는 여성으로서 당당하게 사회에 진출하여 내가 가진 능력을 발휘함으로써 이 사회에 도움이 되는 일을 하고 싶다. 또한 따뜻한 가정을 이루고 자녀들을 잘 교육함으로써 우리나라의 미래에도 기여하고 싶다. 내가 가진 꿈이 현실이 되기 위해서는 앞으로 더 많은 교육과 노력이 필요하다고 생각한다. 그리고 '양성평등'이라는 용어가 우리 사회에서 사라질 때까지 이 노력은 계속되어야 한다고 믿는다.

집에서 요리하는 걸 즐기는 아빠는 군대 취사병 출신답게 수준급 칼 솜씨를 발휘하여 직접 기른 쑥갓과 가지로 튀김을 만들어, 내 방으로 직접 배달을 오셨다. 나는 튀김을 별로 좋아하지 않지만, 아빠의 성의를 생각해서 엄지손가락을 세워 보이며 맛있게 먹는다. 엄마는 옆에서 우아하게 음악을 들으며 소설책을 읽고 계신다.

SNS
경기 성남 분당고 윤나연

  각종 SNS(Social Network Service)의 발달로 우리는 그 어느 때보다 많은 사람과 관계를 맺으며 살아가게 되었다. 하지만 이처럼 풍요로운 인간관계를 맺을 수 있는 환경이 주어졌음에도 '관태기'(관계와 권태기의 합성어로 인맥을 관리하고 새로운 사람과 관계 맺는 것에 권태를 느끼는 20대를 일컫는다.)라는 신조어가 생겨나는 역설적인 상황이 발생하였다.

  관태기라는 신조어가 생긴 가장 큰 원인은 목적 중심의 사회적 관계에 있다. 사회에서의 인맥이 일과 관련되는 경우가 늘어나다 보니 자연스레 사람들은 인간관계를 인맥, 즉 사회적 관계와 연결 짓는 일이 많아졌고 이는 반강제적인 인간관계와 인맥 관리로 이어졌다. 관태기라는 단어는 이런 일들에 염증을 느낀 사람들의 상황을 드러내는 것이다.

  그렇다면 이런 '관태기' 극복을 위해서는 어떻게 해야 할까. 일차적으로는 사회적 관계의 스트레스에서 벗어날 수 있는 시간을 갖는 것이 필요하고, 그 뒤에는 건강한 인간관계를 맺는 것이 필요하다. 관태기의 원인은 '억지로 많이 맺는' 관계에 있기 때문이다.

실제로 복잡한 사회적 관계에서 오는 스트레스의 탈출구로 사람들은 혼자 보내는 시간을 찾고 있다. '혼밥'(혼자 밥 먹기)족, '혼술'(혼자 술 마시기)족, '혼놀'(혼자 놀기)족이 늘어나는 것이 이러한 현상을 잘 보여 준다. 과거 혼자 밥을 먹고 혼자 노는 사람들은 사회의 부정적인 시선을 받아 왔지만 시대의 흐름에 따라 이런 시선은 점차 줄어들고 있다. 심지어 이런 대한민국 20대를 주인공으로 한 「혼술남녀」라는 드라마가 나올 정도로 '혼놀족, 혼술족'은 하나의 사회 현상으로 자리 잡아 가고 있다.

전상진 서강대 사회학과 교수는 "'혼자 있는 시간은 누구에게나 필요하다'는 생각이 사회 전반에 형성되고 이에 따라 제도와 문화가 바뀌어야 한다. 그래야만 혼자의 시간이 건강한 사회적 관계에 긍정적인 역할을 하게 된다."라고 했다. 혼자 시간을 보내는 것은 사회적 관계에서 스트레스를 받는 많은 사람에게 좋은 대피처가 될 수 있을 것이다. 과거의 인식과 달리 혼자 시간을 보내는 것이 긍정적인 효과가 있다는 것을 짐작하게 해 주는 말이다.

사람들은 '힘들 때 마음 놓고 부를 수 있는 친구가 있다면 충분히 성공한 인생'이라고 말한다. 그만큼 그런 친구를 찾기가 어렵다는 것이다. 건강한 인간관계란 일에 도움을 줄 수 있을 것으로 보이는 많은 사람들과 친해지는 것이 아니라 '힘들 때 마음 놓고 부를 수 있는 친구'를 사귀는 것이며 상대방에게 그런 친구가 되어 주는 것을 말한다고 생각한다.

인간은 사회적인 동물이다. 관태기라며 혼자만의 문화생활을 즐긴다 해도 평생 혼자 살 수는 없다. 문세는 사람을 만나기 귀찮아하는 '귀차니즘'이 아니라 인맥 관리를 강요하다시피 하는 사회이다. 이런 사회 속에서, 우리는 더 행복한 미래를 위해서라도 관태기에서 벗어나 건강한 인간관계를 맺고 개인의 시간을 서로 존중할 필요가 있다고 생각한다.

우리, 같이 경기 군포 용호고 박효주

나는 행복 유치원의 밝은마음반 선생님이다. 아이들과 함께하는 하루하루가 내겐 큰 기쁨이다. 나는 내가 아이들을 올바른 길로 이끌 수 있는 중요한 사람이라는 사명감을 가지고 이 직업에 만족하고 자부심을 느끼며 일하고 있다.

나의 일과를 간략히 말하자면⋯⋯ 아이들로 시작하여 아이들로 끝난다고 해도 과언이 아니다.

나는 그동안 많은 시간을 아이들과 함께한 만큼 아이들에 대해 잘 알고 있다고 생각했고 어떤 일이 일어나도 잘 해결할 수 있다고 생각했다. 좋게 말하면 자신감이 있었고 나쁘게 말하면 자만했다고 할 수 있겠다.

그간의 생각이 자만일 수 있다고 느낀 것은 얼마 전 우리 반에 있었던 한 사건 때문이다.

여느 때와 다름없이 정신없는 하루를 마무리하고 뒷정리를 한 뒤 잔잔한 노래를 들어 놓고 퇴근 준비를 하고 있었다. '드르

륵─'교실 문이 열리는 소리가 들렸다. 소리를 따라 고개를 돌리니 원장 선생님이었다.

"박 선생님, 잠깐 얘기 좀 할까요?"

사실 원장 선생님의 첫마디를 듣고 나는 겁부터 먹었다. 혹시 오늘 우리 반에서 문제가 될 만한 일이 있었던 건 아닌지 해서 말이다. 일종의 직업병이라고도 할 수 있겠다. 그러나 원장 선생님의 입에서는 내가 예상하지 못했던 말이 나왔다.

"우리 유치원에 다문화 가정 아이가 올 것 같아요. 나는 이 아이를 밝은마음반에 배정하고 싶은데……, 박 선생님은 어떻게 생각해요?"

다문화 가정 소녀, 일리아

"밝은마음반을 부르면?"

"네! 네! 선생님!"

"애들아. 선생님이 오늘 밝은마음반 친구들한테 새로운 친구를 소개해 주려 해요."

"우와! 선생님! 우리 반에 새로운 친구가 오는 거예요?"

"여자예요, 남자예요?"

"너희, 새로운 친구가 정말 궁금한가 보구나? 예쁜 자세로 기다리면 선생님이 새로운 친구 데리고 올게. 알겠지요?"

"네!"

아이들은 새로운 친구가 온다는 소식을 듣고 순식간에 시끌벅적해졌다. 아이들에게 새로운 친구가 온다는 것은 굉장히 큰 설렘인가 보다.

교실을 나와 나는 일리아의 작은 손을 잡고 다시 교실로 들어가 아이들 앞에 섰다.

"자, 얘들아. 우리 밝은마음반 새로운 친구의 소개를 들어 볼까요? 일리아. 친구들에게 일리아에 대해 소개해 줄 수 있겠니?"

일리아는 나를 잠시 쳐다보더니 고개를 작게 끄덕이고 서툰 한국어 실력으로 자기소개를 했다. 그런데 이게 무슨 일인가. 매우 들떠서 싱글벙글 웃으며 와글와글하던 아이들은 당황스러움이 가득한 얼굴을 하고 나와 일리아를 번갈아 가며 쳐다보는 것이었다.

"자, 얘들아……? 친구가 자기소개했으니까 우리 반갑다는 의미로 박수 쳐 줄까요?"

박수 소리는커녕, 교실은 쥐 죽은 듯 조용했다. 그렇게 짧지만 매우 길게 느껴진 정적을 깬 건 수아의 목소리였다.

"선생님, 그런데 왜 일리아는 피부가 까만 거예요?"

생각지도 못한 질문이었다. 나는 당황스러움을 감추지 못했다.

일리아 역시 경직되어 날 바라보고 있었다. 설상가상으로, 수아의 질문을 시작으로 반 아이들은 일리아에 대한 수많은 궁금증들을 쏟아 내기 시작했다.

"선생님! 일리아는 왜 이름이 영어인 거예요?"

"선생님! 일리아는 왜 더듬더듬 말하는 거예요? 한국어를 모르나 봐요!"

세상에, 아찔했다. 일리아에게 상처를 주기 위해 아이들이 일부러 한 말은 아니었다. 아직 어리기 때문에 자신의 궁금증을 여과 없이 내비친 것이다. 하지만 이런 질문들의 본래 의도를 파악하기엔 일리아 역시 아직 어렸다. 일리아는 두 눈에 그렁그렁 눈물을 매달고 나를 쳐다보았다.

나는 심호흡을 하고 일리아의 등을 쓰다듬어 준 뒤 아이들에게 말했다.

"자, 밝은마음반! 너희가 일리아에 대해 많은 것이 궁금한가 보구나? 일리아. 선생님이 일리아에 대해 친구들에게 더 소개해 줘도 될까?"

일리아가 고개를 끄덕였다.

"일리아 아버지는 한국분이신데 어머님은 필리핀분이시란다. 너희들이 물어본 일리아의 피부색과 한국어 실력은 그러한 이유 때문이라고 할 수 있어. 밝은마음반 친구들이 일리아가 너희처

럼 한국어를 잘할 수 있게 도와줄 수 있지? 그리고 얘들아. 우리
가 많이 못 봐서 그렇지 세상에는 정말 다양한 피부색이 있단다."

　나의 이야기를 듣고 나서 그제야 몇몇 아이들은 고개를 끄덕이
며 일리아를 바라보았다. 일리아 역시 아이들이 아까보다는 자
신을 덜 경계한다는 것을 느꼈는지 힘을 꽉 주며 잡고 있던 나의
손을 살며시 놓았다. 하지만 나는 일리아에게도 이 상황에 대해
충분히 설명해 주는 것이 옳다고 생각했다. 그래서 교무실로 자
리를 옮겨 일리아와 단둘의 시간을 가졌다. 나는 먼저 일리아를
안아 주고 토닥였다.

　"일리아. 많이 놀랐지?"

　"괜찮아요……. 엄마가 친구들이 신기해할 수 있다고 말씀해
주셨어요."

　"그렇구나. 선생님은 혹시 일리아가 상처받은 건 아닌가 하고
걱정이 되어서……. 일리아, 친구들이 일리아가 미워서 그런 질
문을 한 건 아니라는 거 일리아도 잘 알지? 친구들이 일리아에게
궁금한 게 많아서 그런 거야."

　"네에……. 괜찮아요. 그런데 선생님. 친구들이 제가 싫다고 같
이 안 놀아 주면 어떡하죠?"

　일리아는 나에게 안긴 채 고개를 천천히 끄덕였다. 어쩌면 나
보다 더 당황하고 속상했을 일리아인데 성숙하게 이 상황을 이

해하는 일리아의 모습을 보니 괜히 내 자신이 부끄러워졌다. 일리아를 아이들에게 소개시켜 주기 전에 먼저 아이들의 눈높이에 맞춰 다문화 가정에 대해 설명해 줬어야 한 건 아닐까. 선생님으로서 어설펐던 나의 행동에 괜히 어린 일리아의 마음에 상처가 난 것은 아닐까. 나 자신에 대해 반성하게 되었다.

아직은 어려워

다음 날 어색한 분위기에서 일리아와 함께 밝은마음반 아이들의 생활이 시작되었다. 하지만 일리아는 생각했던 것보다 아이들과 잘 어울렸고 몇몇 아이들은 일리아에게 먼저 다가가기도 했다. 일과 중 아이들이 제일 즐거워하는 자유 놀이 시간이었다. 아이들끼리 여러 교구를 가지고 노느라 교실은 이미 시끌벅적했다. 그런데 그 소란스러운 틈에서 일리아의 울음소리가 들렸다.

"으앙! 아니야! 일리아도 한국 사람이야!"

"아니! 일리아 너는 한국 사람 아니야! 너는 그냥 까만 사람들 사는 나라에서 온 깜둥이야! 너는 네 친구들이 있는 유치원에 가야 해!"

"맞아. 일리아! 너희 엄마 필리핀 사람이라며! 너희 엄마 나라의 유치원에 가야지!"

주변의 몇몇 아이들이 동조하기 시작했다.

"아니야! 아니라고! 내 유치원은 행복 유치원이야! 나 필리핀 사람 아니야!"

"그럼 일리아 네가 한국 사람이라고? 아니야! 그리고 우리 엄마가 그러는데 일리아 너랑 놀지 말랬어!"

우려했던 일이 발생한 것이다. 평소에도 직설적이기로 유명한 준영이가 일리아에게 해서는 안 될 말을 하고 만 것이다. 거기다 준영이처럼 티는 안 냈지만 일리아에 대해 부정적인 인식을 가지고 있던 몇몇 아이들이 합세한 것이다. 일리아는 닭똥 같은 눈물을 뚝뚝 흘리며 소리쳤고 이에 질세라 준영이 역시 시뻘건 얼굴을 한 채 일리아를 향해 소리쳤다. 어느새 이 둘의 고함은 교실을 뒤덮었고 둘을 제외한 소리는 자연스레 음소거가 되었다.

"신준영! 일리아! 밝은마음반! 너희 모두 그만!"

나는 우선 준영이와 일리아를 데리고 교무실로 갔다.

"준영이. 일리아. 너희 무슨 일이 있었던 거니?"

"준영이가…… 저 보고 한국 사람 아니라고…… 저 보고 여기 유치원 아니라고…… 준영이가 저랑 안 논다고 했어요. 으앙!"

"준영이. 일리아 말이 사실이니?"

준영이는 말을 못하고 우물쭈물거렸다. 한참 시선을 회피하던 준영이가 웅얼거리며 말을 했다.

"우리 엄마가 그랬어요……. 일리아는 우리랑 다른 사람이라고. 같이 놀지 말라고 했어요……."

숨이 턱 막히는 기분이었다. 좌절했다. 자라나는 아이들에게
그 누구보다 올바른 지도자가 되어야 할 어른이 그런 말을 했다
는 게 믿기지가 않았다. 아이들에게 먼저 다문화 가정에 대한 교
육을 시킬 것이 아니었다. 어른들조차 다문화 가정에 대한 올바
른 인식을 갖고 있지 않은데 아이들만 지도하려 했던 것이다. 어
디서부터 이 복잡한 이야기를 풀어 가야 할지 의문이었다.

"아니야, 준영아. 일리아가 처음 온 날 선생님이 말했던 것처럼
일리아는 우리와 다를 게 없는 한국인이야. 단지 피부색이 조금
다를 뿐이고. 하지만 그건 아무 문제가 되지 않아. 그리고 일리아
도 준영이랑 같은 행복 유치원에 다니는 것도 잘못된 게 아니란
다. 선생님은 준영이가 많은 친구들과 사이좋게 지내는 멋쟁이
라서 일리아와도 아주 좋은 친구가 될 수 있을 거라 생각해. 준영
이 생각은 어때?"

"저도요……."

"준영아. 선생님이 너한테 하고 싶은 말이 무엇인지 알지요?"

"네……. 알아요. 못난이처럼 행동해서 죄송해요. 미안해, 일리
아……."

"응……. 괜찮아……."

준영이를 교실로 돌려보내고 일리아와 시간을 가졌다. 그 누구

보다 놀라고 마음이 아팠을 일리아를 따스하게 안아 주었다.

한참 말없이 안아 주고 토닥여 주다가 문득 일리아가 온 첫날이 생각났다. 첫날의 상처가 채 아물기도 전에 일리아의 여린 마음에 또 상처가 나고 말았다.

괜히 콧잔등이 시큰거렸다. 나에게도 힘들고 당황스러운 일이 이 작은 아이에게는 얼마나 마음 아픈 일일까.

"일리아. 네 말처럼 너는 밝은마음반 친구들, 그리고 선생님과 같은 한국인이야. 잘 알지? 오늘은 준영이가 일리아에게 상처 주는 말을 해서 일리아가 마음이 많이 아팠지?"

"네……, 선생님. 그런데 다문화 가정이 그렇게 나쁜 건가요?"

"나쁜 거라니. 전혀 그렇지 않아, 일리아. 다문화 가정은 절대 나쁜 게 아니야."

"동네 사람들도 저를 보고 수군거려요. 필리핀 얘기를 하면서 말이에요……. 분명 엄마 아빠께서 저도 한국인이라고 했는데……. 제가 다르게 생겨서 그런 거예요?"

"다르게 생긴 건 아무 상관없어. 우리 모두가 각자의 얼굴을 하고 있잖아? 밝은마음반 친구들도 모두 다르게 생겼잖아. 그렇지?"

"네……. 그럼 제 피부가 검정이라서 그런가 봐요."

"그건 선생님이 말했듯이…… 이 세상에는 다양한 피부색이 있어. 밝은마음반 친구들이랑 선생님의 피부도 그중 하나고. 일리아의 피부도 그중 하나고. 일리아가 특이하거나 그런 게 절대 아니야. 사람들이 다문화 가정에 대해서 아직 잘 몰라서 그런가 봐. 일리아가 마음이 많이 아팠겠네?"

"네…… . 그런데 선생님 말씀 들으니까 괜찮아졌어요!"

일리아가 그제야 입가에 미소를 띠고 고개를 끄덕였다. 최대한 일리아의 상처를 어루만져 주고 싶어서 신중히 일리아에게 말을 했는데 진심이 통한 모양이다. 정말 다행이었다.

"그리고 일리아. 준영이도 알고 보면 정말 멋진 친구야. 너에게 도 정말 좋은 친구가 될 수 있을 거야."

"알아요. 저도 준영이랑 좋은 친구가 되고 싶어요."

"그래. 일리아 마음 선생님도 잘 알겠어. 너무 기죽지 말고. 너 는 정말 소중한 아이란다."

어른, 아이 모두가 풀어야 할 숙제

"안녕하세요, 준영이 어머님. 저는 준영이 담임 선생님 밝은마 음반 교사입니다."

– 네, 선생님. 호호. 어쩐 일이세요?

"실은 어머님. 오늘 준영이가 반에서 일이 있었어요. 그 일로 어머님과 상담을 하려고 전화했습니다."

– 어머, 누가 우리 준영이 얼굴에 또 상처 낸 건가요?

"아……. 아뇨, 어머님. 그게 아니라……. 어머님도 준영이에게 전해 들으셨듯이 얼마 전에 다문화 가정 아이가 저희 반에 새로 왔어요. 알고 계시죠?"

– 아……. 그 일리아인가……, 그 아이 말씀하시는 거죠?

"네, 맞습니다. 오늘 준영이가 일리아에게 상처가 되는 말을 해서 일리아가 우는 사건이 있었어요, 어머님. 그래서 준영이가 그 부분에 대해선 지도를 받았고요."

– 허……, 지금 준영이가 혼났다는 말씀이시죠? 도대체 무슨 말을 했다고, 애가!

"어머님. 어머님께서 준영이에게 다문화 가정 아이에 대한 부정적인 말씀을 하셨다고 들었어요. 준영이가 가정에서 그걸 듣고 유치원에 와서 그대로 말을 해 일이 발생한 겁니다."

– 아니! 내가 틀린 말을 한 것도 아니고! 그 검은 애가 갑자기 자기 반에 오면 애가 놀라지, 안 놀라요? 한국말도 잘 못한다면서! 이러다가 멀쩡한 애들까지 이상해지면 유치원에서 책임지는 건가요?

"준영 어머님. 다문화 가정은 어머님이 생각하시는 그런 게 절대 아니에요. 그 아이들도 엄연한 한국인이고요. 보통 아이들과 다를 게 없는 아이들입니다. 한국어는 이곳에서 생활하며 차차 향상될 수 있는 부분이에요, 어머님. 인종적으로도 학습적으로도 다문화 가정 아이를 비하하는 발언을 준영이 앞에서 계속하시면 준영이에게도 안 좋은 영향이 너무 많이 가요. 어머님께서도 다문화 가정에 대해 긍정적으로 바라보시고 준영이에게도 올바른 지도 부탁드릴게요."

– 나 참……, 어이가 없어서……. 아니, 그 애는 분명 덜 배우고 여기 왔을 텐데……!

"아니요, 어머님. 일리아는 준영이 못지않게 많은 것을 알고, 또 마음씨도 곱고 괜찮은 아이예요."

– 선생님이 그렇게 말씀하시니까 제가 준영이 앞에서는 안 하겠습니다만……. 저는 우리 애한테 피해 가는 일은 절대 없었으면 좋겠네요!

"…… 알겠습니다. 들어가세요, 어머님."

뚜뚜뚜─.

전화가 끊기고 깊은 한숨이 나왔다. 다문화 가정에 대해 우리나라 사람들의 인식이 안 좋다는 얘기는 많이 들었다. 뉴스에서 많은 이슈가 되었던 것도 얼핏 기억이 난다. 그런데 이 정도일 줄은 몰랐다. 물론 다문화 가정에 대한 부정적 인식만이 이 통화의 문제는 아니겠지만. 어쨌거나 근본적으로 내가 풀어야 할 숙제는 아직 갈 길이 멀었고, 다문화 가정은 우리 모두가 풀어야 할 숙제인 것은 분명하다는 것을 느꼈다.

사건이 터진 그날, 나는 아이들이 하원하고 난 뒤 퇴근을 하지 않고 남아 있었다. 물론 준영이 어머님께 전화를 드릴 일도 있었지만, 무엇보다 오늘 있었던 일을 다시 생각해 봐야 했기 때문이다. 너무 정신없이 지나가 사실 뭐가 어떻게 된 건지 파악을 할 수가 없었다. 우려만 했지 실제 일어날 거라곤 생각도 안 했던 일이 일어났다. 시간을 두고 아이들이 친밀해진 뒤 다문화 가정에 대한 교육을 하려던 게 잘못된 것일까? 앞으로 아이들을 어떤 식으로 지도해야 할까? 혼자 한참을 고민하며 다문화 가정에 대해 찾아보았다. 하지만 명쾌한 답은 나오지 않았고 불편한 마음 또한 쉽게 가시지 않았다. 원장 선생님의 방문을 두드렸다. 원장 선생님께서는 오늘 우리 반에서 있었던 일을 이미 알고 계셨다. 원장 선생님은 잘 왔다며 나를 반겨 주셨다.

"박 선생님도 많이 놀라셨겠어요. 생각지도 못했죠?"

"네……. 저는 그냥 첫날 그 일을 끝으로 특별히 문제가 생길 거라고는 생각 못했어요. 제가 처음부터 아이들이 다문화 가정에 대해 올바른 개념을 가질 수 있도록 지도했어야 했는데……."

원장 선생님은 천천히 고개를 끄덕이시더니 싱긋 웃으시며 말씀하셨다.

"박 선생님. 너무 자책하지 말아요. 선생님도 교사로 지내면서 다문화 가정 아이는 처음이잖아요. 우리가 아무리 아이들을 지도하는 사람들이라고 해도 처음부터 완벽할 수는 없잖아요. 다만 박 선생님이 이번 일을 통해서 충분히 반성하고 또 배운 것들을 토대로 아이들을 지도한다면 그게 최고 아닐까 생각해요, 저는. 우선 아이들이 일리아와 다문화 가정에 대해 가지고 있는 편견을 깰 수 있게 도와줘 봐요. 서로 어색하고 낯선 만큼 아이들에게도 그 장벽을 허물 기회가 필요하잖아요? 그리고 부모님들께도 잘 전달하는 것이 좋을 것 같고."

"네……, 조언 감사해요. 원장 선생님."

우리의 공통점

아이들의 등원은 다른 날과 다름이 없었다. 그런데 아이들을 맞는 나의 마음은 다른 때보다 더 떨렸다. 긴 고심 끝에 생각해 낸 것들을 시행하는 첫날이었기 때문이다. 드디어 '오늘의 밝은 마음' 시간이 되었고 항상 그랬듯 아이들은 서로 어제 있었던 일을 이야기하느라 바빴다. '오늘의 밝은 마음' 시간에 대해 간단히 설명하자면 이렇다. 밝은마음반 아이들이 그날의 주제에 맞게 하루를 생활하며 갖춰야 할 행동이나 생각을 말한다. 예를 들어 '서로를 도와주자.'가 '오늘의 밝은 마음'의 주제이면 그날 하루 동안 아이들은 다른 날보다 더 서로를 도우며 하루를 보낸다. 아이들에게 여러모로 좋은 효과를 내고 있는 활동이다.

"자, 밝은마음반의 오늘의 밝은 마음을 소개할 시간이에요."

"두구두구두구! 오늘은 뭐예요?!"

"오늘은! '우린 같은 점이 많아.'란다."

"응? 그게 뭐예요?"

"음……, 그러니까 너희들 모두는 공통점, 즉 같은 점을 가지고 있을 수 있단다. 우리가 잘 몰라서 그렇지 자세히 살펴보고 이야기하며 찾아보면 우리는 분명 비슷한 점이 있을 거야. 오늘은 그 같은 점을 찾아보는 거야! 서로에게서!"

"우와! 재미있겠다!"

"자, 선생님이 지금 이 종이를 한 장씩 나눠 줄 거야. 그러면 너희들은 오늘 하루 동안 서로에게서 찾은 공통점을 이 종이에 적으면 돼. 알겠지?"

"네!"

정신없는 하루가 또 흐르고 아이들의 하원 준비 시간이었다.

설레는 마음으로 교실 문을 열었다. 아이들이 공통점을 얼마나 찾았을까? 찾으면서 조금이라도 더 가까워지진 않았을까?

이 활동의 주제는 공통점 찾기이다. 공통점을 찾는 것을 주제로 둔 이유는 아이들이 가지고 있는 편견을 깨기 위해서였다. 그리고 우리 모두가 동등한 사람이라는 인식을 심어 주기 위해서였다. 다문화 가정 아이라고 해서, 피부색이 조금 다르다고 해서, 한국어 실력이 조금 서툴러서, 우리와 다른 존재의 아이라고 생각하는 것을 막기 위함이었다. 사소한 점이라도 서로에 대한 공통점을 찾아보면 그 큰 장벽은 결국 허물어지게 될 것이라고 믿었다.

"밝은마음반. 오늘 하루도 멋쟁이, 예쁜이처럼 보냈지요?"

"네! 선생님!"

"자, 그럼 오늘 아침에 선생님이 나누어 준 종이를 확인해 볼까요?"

"선생님! 저는 열 개나 적었어요!"

"저도요! 저도요!"

의외로 아이들의 반응은 뜨거웠다. 정말 아이들이 적은 종이를 걷고 보니 사소한 것부터 큰 것까지 아이들은 내가 생각했던 것 이상으로 공통점을 잘 찾아냈다.

무엇보다 아이들이 일리아와 눈에 띄게 가까워진 것이 느껴졌다. 더욱 놀라운 건, 준영이와 일리아가 마주 보고 웃으며 장난을 치고 있었다.

"와, 우리 밝은마음반. 공통점을 정말 잘 찾아냈구나. 다들"

"선생님! 공통점 찾기 정말 재미있어요! 우리 또 해요!"

"오호, 정말? 너희 정말 재미있었나 보구나."

"네! 특히 일리아랑 공통점이 정말 많았어요! 신기했어요!"

"그래, 맞아. 얘들아. 우리는 조금 다르게 생길 수도 있고 다른 피부색을 가질 수도 있어. 하지만 이렇게 많은 공통점을 찾아낸 것에서 알 수 있듯이 그것들은 그저 겉으로만 보이는 것이고, 사실 우리는 정말 많은 점이 비슷하단다. 너희들이 선생님이 바라던 것을 깨닫게 된 것 같아서 선생님은 정말 행복하다."

"저희도 행복해요, 선생님!"

"그 누구를 보든 너희의 그 예쁜 눈으로 예쁘게 바라본다면 너희는 그것이 가진 진정한 아름다움을 다른 사람들보다 일찍, 그리고 더 가치 있게 발견할 수 있을 거야. 선생님은 밝은마음반이 앞으로도 이렇게 멋쟁이와 예쁜이들이 많을 거라고 믿어. 왜냐하면 일리아, 준영이, 윤아, 해인이, 민지, 규리, 주영이, 유빈이가 있어서!"

에필로그

"선생님, 저는 선생님이 정말 좋아요. 그리고 밝은마음반 친구들도 정말 좋아요."

"일리아. 일리아가 정말 유치원을 좋아하는구나?"

"네! 많은 친구들과 함께하는 활동도 재미있고요, 선생님이 해주시는 이야기도 재미있고요……. 또…… 한국어 공부하는 것도 재미있어요! 우리 엄마도 행복 유치원에 다닐 수 있어요?"

"히히하. 일리아 어머님도 유치원에 다니시고 싶으시대?"

"헤헤……, 그게 아니라요……. 제가 좋아하는 건 우리 엄마도 좋아하셔서요!"

"하하, 일리아. 그럼 일리아가 유치원에서 배운 소중한 것들, 그리고 일리아가 유치원에서 찾은 행복을 네가 집에 가서 어머님한테 전해 드리면 되지!"

"네! 선생님. 우린 하나라는 것, 같다는 것, 우린 함께한다는 것은 정말 좋은 것 같아요."

"맞아, 일리아. 우린 다르지 않아. 우린 같고, 함께할 수 있어."

아름다움은 보는 사람에 따라
다른 것인가

경북 포항이동고 서소휘

    우리는 평소에 쉽게 길가에서 민들레꽃이 피어 있는 것을 볼 수 있습니다. 이 꽃을 보면 무슨 생각이 드시나요? 제가 여러분에게 '민들레꽃이 얼마나 아름답다고 생각하십니까?'라고 물어본다면 어떤 대답을 하시겠습니까? 저는 아름다움이 상대적인 것이라고 생각합니다.

    이 작품을 봐 주시길 바랍니다. 어떤 생각이 드십니까? 이 작품이 정말 아름답다고 생각하십니까? '아아, 저 정도면 나도 그릴 수 있겠다.'라는 생각을 하는 분도 있으실 것이라고 생각합니다. 그렇다면 이 작품의 가격은 과연 얼마일까요? 놀랍게도 이 작품의 낙찰 누적가는 467억여 원입니다. '저 점이 대체 뭐기에.'라고 생각하시는 분이 있으실 텐데요.

    다시 한번 그림을 봐 주시길 바랍니다. 작가는 사실 철학을 전공한 철학자로 40년 동안 점에 대해 생각하고 그것을 그림에 담아 냈습니다. 작가는 점을 통해 그림의 여백에 울림을 주는 역할을 하고 싶었습니다. 종을 치면 그 울림이 '은파'처럼 퍼져 나가는 것 같이 점도 여백으로, 또 캔버스 바깥으로, 전시회장으로 울림을 가져다주는 그런 역할을 하길 바랐던 것입니다. 실제로 이런 그림들 중 하나는 방 안에 전시되어 있는데 사람이 한 번 들어가면 꽤 오랜 시간 동안 그 안에서 나오지 않았다고 합니다.

이제 그림이 어떻게 보이십니까? 물론 처음과 똑같은 느낌을 받으신 분도 계실 거라고 생각합니다. 하지만 조금은 다르게 느껴지지 않으십니까?

저는 사람들이 가지고 있는 정보나 지식에 따라 느끼는 아름다움이 다르다고 생각합니다. 왜냐하면, 그런 정보나 지식이 작품을 해석하는 데 도움을 주기 때문입니다. 육이오 전쟁에 대해 알아야 전쟁고아의 사진에서 나오는 슬픔의 미를 깊이 있게 느낄 수 있고, 천상병 시인에 대해 알아야 「귀천」의 숨겨진 아름다움을 느낄 수 있듯이 말입니다. 절대적인 아름다움이 있다고 말하는 사람도 있을 것이라고 생각합니다. '어머니의 사랑, 아버지의 헌신'과 같은 것들은 아마 저뿐만 아니라 여기 있는 거의 모두가 아름답다고 여길 것입니다. 하지만 정말 모든 사람이 그렇게 생각할까요? 만일 여러분이 어머니로부터 버림받아 고아원에서 자랐다면, 가정 폭력으로 고통을 받았다면 정말로 앞에 언급한 것들이 아름답다고 여겨질까요? 저는 그럴 수 없을 것 같습니다.

이때까지 자라 온 환경이나 겪은 일에 따라 아름다움을 바라보는 눈이 달라질 수 있기 때문입니다.

아름다움은 사람에 따라 다르게 보이는 것이라 생각합니다. 그러므로 각자의 의견을 인정하고 자신의 생각을 다른 사람에게 강요하지 않아야 합니다. 만일 모두가 아름다움을 똑같이 바라보도록 강요받는다면 아마 이 세상은 지금처럼 풍요롭지 못할 것이기 때문입니다.

인문 고전은
성공으로 가는 열쇠인가

-『리딩으로 리드하라』(이지성 지음)를 읽고   충남 천안여고 김보희

　이 책에 대해 말하기에 앞서 우리가 잘 아는 세 사람의 사례를 말하고 싶다. 먼저 만유인력의 법칙을 알아낸 아이작 뉴턴에 대해서 이야기하겠다. 그가 죽은 지 300년이 다 되어 가는 오늘날까지도 그의 이름은 여러 책, 인터넷 등에서 회자되고 있다. 이렇게 인류에게 큰 공헌을 한 그도 초등학교 시절 학습 부진아 반에 들어간 적이 있다. 그러나 어떤 이유에선지 뉴턴은 천재적인 두뇌의 소유자로 변했고 과학의 역사를 새로 썼다. 두 번째 인물로는 2차 세계 대전을 승리로 이끈 주역이자 노벨 문학상을 받은 윈스턴 처칠이다. 그 역시 학교에 전교 꼴찌로 입학했고 재학생 시절에는 내내 꼴등을 도맡아 했다. 하지만 그는 성인이 된 후 위대한 업적을 세웠다. 세 번째 인물은 미국의 발명왕 토머스 에디슨이다. 역사상 가장 유명한 발명가인 그이지만, 수업을 따라갈 만한 지적 능력이 없다는 이유로 입학한 지 3개월 만에 퇴학을

당했다고 한다.

이 세 사람의 공통점은 무엇일까? 유년기에는 수재와 거리가 멀었지만 꾸준한 인문 고전 독서로 역사에 길이 남을 위인이 되었다는 점이다. 뉴턴은 교장 선생님의 권유로 인문 고전을 접하게 되고 처칠은 어머니의 권유로 인문 고전 독서를 처음 시작했는데 하루 평균 네다섯 시간씩 책을 읽었다. 에디슨은 교사 출신인 어머니가 희망을 품고 인문 고전 독서 교육을 시켰다. 인문 고전 독서가 그들의 두뇌를 변화시키는 데 결정적인 역할을 한 것이다.

이 시대뿐만 아니라 이미 오래전부터 최고의 철학자, 수학자, 경제학자 등 여러 분야의 전문가들은 인문 고전 독서에 힘썼다고 한다. "The reading of all good books is like a conversation with the finest men of past centuries."(좋은 책을 읽는 것은 과거 몇 세기의 가장 훌륭한 사람들과 이야기를 나누는 것과 같다.)라는 말을 한 데카르트와 "A room without books is like a body without a soul."(책 없는 방은 영혼 없는 육체와도 같다.)라는 말을 한 키케로의 명언에서 볼 수 있듯이 예전부터 독서는 중요하게 여겨졌다. 그중에서도 이 책에서는 인문 고전을 중심으로 이야기하고 있다.

인문 고전? 내가 아는 인문 고전은 「홍길동전」, 「삼국지」, 「난

중일기」 등등이다. 하지만 제대로 읽어 본 적은 한 번도 없는 것 같다. 과거 우리나라 십 대들은 오늘날의 미국 십 대들은 저리가라 할 정도로 인문 고전을 열심히 읽고 공부했다. 하지만 이제는 교육 과정에서 인문 고전 독서를 완전히 빼 버렸다고 한다. 학급에서도 보면 추리 소설, 로맨스 소설, 판타지 소설 등을 읽고 있는 학생들은 흔하게 볼 수 있는데 인문 고전을 읽는 친구들은 거의 찾아볼 수가 없다. 나도 책을 멀리하는 편이어서 인문 고전은 읽을 생각도 하지 못했다. 미국의 대학교의 인문 고전 독서는 우리의 상상을 초월한다고 한다. 한 대학은 4년 내내 인문 고전 100권을 읽고 토론하고 에세이를 쓰는 것이 교육 과정의 전부라고 한다. 하지만 우리나라 대학들은 상황이 다르다. 인문 고전은 물론 다른 분야의 책도 등한시하고 잘 읽지 않는다. 우리나라 대학생들은 오직 '스펙'만을 쌓으려고 어학 시험에만 매달리는 경우가 대부분이다. 인문 고전을 읽는 것이 어떤 시험을 보는 것보다 더 좋은 '스펙'을 쌓는 것이라는 점을 우리나라 대학생들은 알지 못한다.

이 책의 저자 이지성은 우리나라 사람들에게 인문 고전 독서를 권장하고 있다. 내가 이 책 중에서 제일 관심이 갔던 장은 6장이다. 6장에는 성공을 한 천재들의 인문 고전 독서법을 7단계로 보여 주고 있다. 그중에서 내 마음에 와닿았던 단계 3개를 소개할 것이다.

첫 번째는 "온 마음으로 사랑하라."이다. 세종은 사람을 진실로 사랑하는 마음이 없는 상태에서 하는 인문 고전 독서는 독서로 인정하지 않았다고 한다. 세종은 왜 그토록 힘들게 독서를 했던 것일까? 이지성은 그가 백성을 애타게 사랑했기 때문이라고 확신하고 있다. 백성들에게 더 나은 삶을 살게 해 주기 위한 인문 고전 독서야말로 인문 고전을 제대로 독서한 것으로 보는 것이다.

두 번째는 "자신의 한계를 뼈저리게 인식하라."이다. 『소학』을 30년 동안 읽은 일두 정여창은 "나는 자질과 능력이 남들보다 못한 사람이다. 때문에 전심전력을 다해 독서하지 않으면 털끝만한 효과도 얻기 힘들다."라고 말했다. 많은 위인들도 그와 마찬가지로 전심전력을 다해 인문 고전 독서에 힘썼다.

세 번째는 "위편삼절(韋編三絶), 책이 닳도록 읽고 또 읽어라." 이다. 주자가 한 말을 인용하자면 "다른 사람이 한 번 읽어서 알면 나는 백 번을 읽고, 다른 사람이 열 번 읽어서 알면 나는 천 번을 읽는다."라는 말이 있다. 반복 독서는 천재들의 독서에서 공통적으로 나타나는 특징이자 천재들이 가장 강조한 독서법이기도 하다. 책을 읽다가 어려운 부분이 나오거나 지루하면 그 자리에서 바로 책을 덮었던 나로서는 부끄럽기 짝이 없다.

이처럼 많은 사례와 방법들이 나온 『리딩으로 리드하라』를 읽으며, 처음에는 '인문 고전을 읽는다고 해서 내가 크게 성공을 할수 있을까?'라는 생각이 먼저 들었다. 나는 인문 고전 독서에는 그동안 전혀 흥미가 없었기 때문이다. 이지성은 인문 고전 독서를하면 누구나 성공을 할 수 있다고 맹신한다. 그렇게 따지면 성공하지 못한 사람들은 인문 고전 독서를 하지 않았기 때문인 것이다. 성공하지 못한 원인은 가정불화로 인한 심리적 불안감, 생계유지의 어려움, 대인 관계의 어려움 등 여러 가지이기 때문에 인문 고전 독서를 하지 않은 것을 원인으로 보기엔 어려운 경우가많다. 그리고 인문 고전 독서를 소홀히 하게 된 이유는 '스펙'만 쌓으려고 각종 자격증 시험에만 매달리는 우리 사회의 현실이 가장문제인 것 같다. 바쁘게 살아가는 현대인들로선 그 어려운 인문고전을 볼 시간이 없고 엄두도 내기 어렵기 때문이다.

중고등학교 학생들을 봐도 내신 점수를 따는 것이 급해 독서를멀리한 지 오래다. 선생님들이 독서의 중요성을 이야기해도 읽어야지 하는 마음만 잠깐 들 뿐 실행에 옮기지는 않는다. 나도 인문 고전 중 기억에 남는 건 시험에 나온다 해서 공부한 「춘향전」, 「홍길동전」 정도이다. 시험에 나오지 않았다면 읽지도 않았을 텐데 인문 고전을 읽으라면 읽을 사람이 누가 있을까. 다들 그럴 시간에 영단어나 더 외우겠다고 할 것이다.

'인문 고전을 반드시 읽어라'라는 강요는 너무 가혹하다. 먼저 자신에게 맞는 독서 방법을 찾고 독서를 할 준비가 되어 있을 때 하는 인문 고전 독서가 제대로 된 독서라고 할 수 있지 않을까. 이 책을 읽고 먼저 해야 할 것은 나에게 맞는 독서법을 찾는 것이라는 생각이 들었다. 인문 고전을 볼 시간도 없고 지루하지만 『오만과 편견』이라는 책을 가방에 넣고 다니며 친숙해지는 것부터 해야겠다. 인문 고전은 이렇게 읽어야 한다는 틀 안에서 읽는 것이 아닌 나에게 맞는 방법으로 읽어야 교훈과 깨달음을 더욱 잘 알 수 있는 것이다.

소년이 걸어온 길
-『소년이 온다』(한강 지음)를 읽고

서울 자운고 서문정

작년 무렵부터 글에 대해 자주 이야기를 나누던 언니가 좋아하던 작가의 책을 드디어 샀다며 내게 『소년이 온다』의 표지 사진을 보내 주었다. 당시의 나는 책에 대해 아무것도 찾아보지 않은 채로 그저 제목에 이끌려 동네 도서관에서 책을 빌려 읽다가, 마지막 장을 덮고 나오는 길에 곧바로 서점에 들렀다. 책을 자주 사지는 않는 편이지만, 읽는 내내 정말 마음에 들었던 책은 책장에 꽂아 두어야 직성이 풀리는 성격 탓이었다.

이 책을 산 이후로 지금까지 참 많이도 읽었지만, 늘 읽을 때마다 여러 가지 감정에 휩싸이고는 했다. 분노, 슬픔, 원망과 같은. 한 챕터가 바뀌고, 눈앞에서 재생되는 것처럼 주인공의 이야기를 생생하게 느끼고, 어떤 챕터가 끝날 때는 울기도 했다. 생생하기에 더 참혹하고 원망스러웠다. 정부의 부끄러운 과거가 될 수밖에 없었으나 모든 국민이 결코 외면해서는 안 될 5·18 민주화 운동을 써 내려간 『소년이 온다』를, 지금부터 파헤쳐 보려고 한다.

1987년 10월 29일에 개정된 대한민국 헌법의 제1조 2항에는 이렇게 명시되어 있다. "대한민국의 주권은 국민에게 있고, 모든 권력은 국민으로부터 나온다." 그러나 그로부터 7년 전인 1980년 5월 18일의 대한민국은 이러한 사실을 부정했다.

5월 15일, 전두환의 민주주의 억압으로부터 벗어나기 위해 만여 명의 학생들이 계엄령 선포의 철폐를 요구하며 목소리를 높였으나, 5월 17일, 정부는 도리어 계엄령을 전국적으로 확산시킴과 동시에 학생 지도자들을 체포하고 휴교령을 내리는 등의 민주 세력에 대한 대대적인 탄압에 들어갔다. 그리고 5월 18일, 휴교령이 내려진 학교에 들어가려던 전남대학교 학생들과 계엄군 사이에서 투석전이 벌어졌다. 그 과정에서 수많은 학생들이 부상을 당했고, 이를 본 시민들은 시위대에 합세해 무력 진압에 저항한다. 하지만 그럴싸한 무기조차 갖추지 못한 시민군은 완전 무장한 계엄군을 당해 낼 수 없었으며, 결국 27일에 이르러서는 계엄군의 총공세에 많은 희생자를 내며 5·18 민주화 운동은 그렇게 막을 내리게 된다.

광주는 그 당시에 다른 지역들과 완전히 차단되어 있었으며, 그렇기 때문에 광주 내의 사람이 아니라면 그 누구도 알 수 없었던 광주 시민들의 항쟁이었다. 그리고 그 10일간의 고통 속에, 혹은 지금까지의 고통 속에서 존재하는 일곱 명의 이야기가 담긴 책이 바로 이 『소년이 온다』라는 책이다.

빈 둥지와 어미 새

5·18 민주화 운동은 단순히 사상자에게만 상처를 남긴 것이 아니라 떠난 이들의 가족과 친구, 그 주변인들에게마저 시간이 지난다 한들 결코 나을 수 없는 상처를 안겨 주었다. 그리고 여섯 번째 챕터 '꽃 핀 쪽으로'의 주인공이 바로 첫 번째 챕터 '어린 새'의 주인공 동호의 어머니다. 보는 내내 가슴 한쪽이 먹먹하고 눈물이 날 것만 같았던 부분이다. 그중에서도 가장 기억에 남는 문장은 동호의 어머니가 죽은 동호의 어릴 적을 회상하는 부분이었다.

당신의 아들이 열여섯에 죽은 지가 수십 년이 지났음에도, 당신께서는 아직도 아들이 아득하게 어린 시절까지 기억하며 그때 했던 말 한마디 한마디, 그 당시의 날씨나 머리카락 속에서 반짝이던 땀방울, 당신의 손을 잡아끌던 작은 손의 힘마저도 생생하게 기억하고 있음이 와 닿아 가슴 한편이 더 욱신거렸다. 동호가 아주 어릴 적의 일까지 하나 잊지 않고 기억하고 있는 어머니인데, 동호가 계엄군의 총을 맞아 피가 다 빠져 창백한 얼굴로 관에 실려 태극기에 감싸인 채 영영 떠나가는 그 모습은 얼마나 생생할까. 어떤 책에서 '떠나간 당신을 어디에 묻을지 몰라 내 가슴에 묻었다.'는 구절을 읽어 본 적이 있다. 아마 동호의 어머니도 그렇지 않으셨을까. 혹여나 열여섯 아들의 얼굴이 하얗게 변색하기라도 할까 봐 습자지로 꼭꼭 감싸 놓고 아무도 없는 늦은 새벽에서야 그것을 펼쳐 조용조용 이름을 부르는 것을 보니 당신 역시 그러셨을 것만 같다. 모든 부모는 떠나간 자식을 잊지 못한다고 했다. 여섯 번째 챕터에서는 동호네 가족의 고통만이 드러나지만, 실제로는 수백 명 사상자의 부모와 형제자매, 친구와 연인이 모두 이러한 고통을 겪지 않았겠는가. 광주 전체가 겪었을 고통에 가슴이 아프고 먹먹하다.

36년이 지났습니다

광주에 흐른 피가 다 마르지도 못한 채로, 그 참사로부터 36년이 지났다. 광주에서 일어났던 일은 분명히 부정할 여지조차 없는 정부의 추태였다. 그러나 국민은 그때의 일이 분노이기 이전에 부끄러운 과거라는 생각을 지울 수 없는 모양이다. 부패한 정부와 그에 대항하던 국민들은 목숨까지 기꺼이 내건 채로 대한민국의 민주화를 간절히 바랐다. 하지만 지금 사람들은 타성에 젖어 그 당시의 고통에 대해 언급조차 꺼리는 것 같다. 나의 아버지만 해도, 도서실에서 5·18 민주화 운동에 대한 책을 읽었다

는 말에 무슨 그런 책을 읽냐며 탐탁지 못한 기색을 감추지 못
하셨다.

　대중의 한국사에 대한 관심은 점차 높아지고 있고, 수능에서도
한국사의 비중은 높아지고 있다. 그런데도 국민들의 역사에 대
한 인식은 전혀 나아진 것 같지 않아 안타까울 뿐이다.

다이어트 부산중앙여중 권다혜

새해 첫날이니까
시작해 볼까?

곧 여름이니까
시작해 볼까?

여름 방학은 시간이 많으니까
시작해 볼까?

2학기 시작이니까
시작해 볼까?

겨울 방학에
시작해 볼까?

REPLAY.

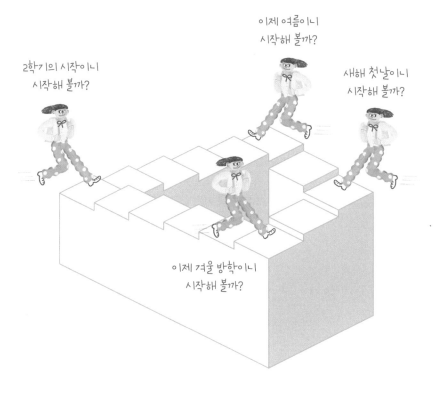

우리에게 던져진
세 가지 질문

강원 평창고 2학년 2반

타임머신이 있다면 하고 싶은 일은?

- 미래로 가서 미래에 돈 많이 버는 사업 아이템을 가져온다. -권순빈
- 과거로 가서 내가 옛날에 무얼 하며 놀았는지 찬찬히 보고 싶다. -권연지
- 내가 태어나기 전으로. -김은영
- 5살 때로 돌아가서 다시 살고 싶다. -김혜진
- 과거로 가서 현재 개발된 곳의 땅을 엄청 사 놓는다. -남윤형
- 2015년 2월 28일 내가 처음으로 간 정용화 콘서트 날로 돌아가고 싶다.

  -서정효
- 어렸을 때로 돌아가 일찍 자고 골고루 먹어서 키를 크게 할 것이다. -오유림
- 로또 번호를 알아온다. -전성현

@#$%^&

투명 망토가 있다면 무엇을 할 것인가?

● 마트에 가서 과자를 공짜로 가져오고, 비행기에 몰래 타서 다른 나라에 1박 2일 정도 머물고 싶다. 그리고 51구역에 가서 외계인이 실제로 있는지 보고 싶다. -권연지

● 남 눈치 볼 것 없이 하고 싶었던 거 한 번씩 다 해 보기. -김은영

● (비행기 등) 교통수단 무임승차, 사람들 놀래 주기. -김태훈

● 투명 망토를 입고 비행기에 몰래 타서 세계 여행하고 오기. -이수현

● 평소 얄미운 사람에게 다가가 '딱밤'을 살짝! 때려 주기. ^^ 그리고 투명 망토 입은 상태로 여행 가자! -이요원

● 비행기를 몰래 타고 다른 나라를 돌아다니며 여러 나라의 음식을 다 먹을 것이다. -정서예

무인도에 가져갈 세 가지!

● 만화책, 씨앗, 침낭 -권하늘

● 먹을 음식, 생활용품, 친구(도라에몽, 지니의 램프 친구들을 데려가고 싶다. ㅎㅎ) -김혜진

● 부려 먹을 머슴 연희, 배, 애완동물용 성효 -남윤형

● 물이랑 이불이랑 튜브 -이수현

● 잔머리를 잘 굴리는 친구와 힘이 센 친구와 재밌는 친구 -이요원

나만의
정의 내리기

경기 오산원일중 1학년 8반

나에게 친구는 달걀이다. 왜냐하면 속마음을 잘 안 보여 주기 때문이다. -김은결

나에게 친구는 그림자이다. 왜냐하면 항상 나와 함께 하기 때문이다. -양성빈

나에게 친구는 거울이다. 왜냐하면 서로 닮아 가기 때문이다. -조혜정

친구

나에게 친구는 충전기이다. 왜냐하면 0%였던 나의 기분이 친구와 함께 있으면 100%가 되기 때문이다. -박예솔

나에게 친구는 담요이다. 왜냐하면 같이 있으면 따뜻하기 때문이다. -이지현

나에게 친구는 물이다. 왜냐하면 물 없이 살 수 없듯이 친구가 없으면 살 수 없기 때문이다. -윤지현

학교

나에게 학교는 미스터리이다. 왜냐하면 언제 무슨 일이 일어날지 모르기 때문이다. -김은아

나에게 학교는 경찰서이다. 왜냐하면 사건 사고가 많이 나기 때문이다. -이다원

나에게 학교는 김치이다. 왜냐하면 좋을 때도 있고 싫을 때도 있기 때문이다. -임주원

꿈이 있다는 것

꿈이 있다는 것은 나의 미래가 밝다는 것이다. 왜냐하면 꿈이 즉 나의 미래이기 때문이다. -김현준

꿈이 있다는 것은 행복한 것이다. 왜냐하면 상상만으로도 행복하고 이뤄진다면 더 행복하기 때문이다. -이유진

꿈이 있다는 것은 어두운 곳에서의 한줄기 빛이다. 왜냐하면 꿈이 있다는 것은 희망이 있는 것이기 때문이다. -김상훈

꿈이 있다는 것은 좋은 것이다. 왜냐하면 나는 아직 꿈이 없기 때문이다. -백지훈

꿈이 있다는 것은 힘의 원동력이다. 왜냐하면 힘을 내서 그 꿈을 이루기 위해 노력하게 되기 때문이다. -박승연

꿈이 있다는 것은 희망이 있다는 것이다. 왜냐하면 미래가 있기 때문이다. -정수빈

263

글 선정에 도움을 주신 선생님들

학생들의 글쓰기를 지도해 주신 선생님들